Sagittarius

射手座

11 月 23 日 ~ 12 月 21 日

林小仙 著

射手座
#攻星记#
Sagittarius

不熟 我和这个世界

中国出版集团　现代出版社

越成长越容易迷失，越经历越害怕受伤，可青春就是这样，
要流着眼泪鼓掌。
你的快乐一直不缺观众，愿你的无邪，也有人真懂。

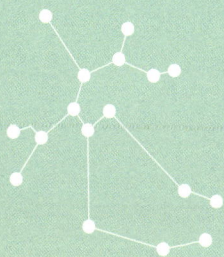

你看起来总是大大咧咧的，一副没心没肺的样子；你做人总是坦坦荡荡的，从来都不怕吃亏。

你最让人爱的地方和最让人担心的地方都是"天真"。虽然你也具有老练的时候，可太过善良和轻易相信别人的性格很容易被人宰割。

你总是以为世界就是你看到的那个样子——黑就是黑，白就是白。

你总是固执地认为自己有超乎寻常的承受力，所以你将自己想得太坚强，把自己当成一个百毒不侵的人，而把别人想得太脆弱。

你总是担心自己的行为会让别人受到伤害。只是你不知道，受伤最多的往往是你自己。

说你花心真的很不公平，说你喜欢玩感情游戏更是大错特错，说你分不清楚友情和爱情简直是荒谬。

实际上，在你内心真爱只有一个，一旦爱上，嘴上花，心里却处处为心爱的人着想，对自己的另一半绝对忠诚和负责。

在爱情里，你很像一个小孩。一切都是那么简单，简单到其他人把你复杂化。你可以偶尔耍下小脾气故意不回短信，有时又像个大人似的哄得对方心花怒放。

但你还要明白，你爱的人离开你，没有什么；正如你不爱的人，你也要离开一样。感情的美妙之处也许就在于不确定性，如果一开始就能预知结果，爱也就失去了魅力。

你的脾气向来是来得快，去得也快，绝不会装作跟谁谁特好。不喜欢的就离得远远的，喜欢的就缠着不放，实在抓不住的也绝不强留。如果第一眼就被你判定出局的人，那么他这辈子都很难再进到你的圈子。

你看起来有点没心没肺，几乎很难成为别人的"酒肉朋友"。你会在朋友有烦恼时，很智慧地为他开导，但你绝不会虚情假意地说违心的好话。

你泪点低，看个电视剧也能哭得稀里哗啦；你反应慢，被别人卖了可能还帮着数钱；你性子急，却又不善于坚持，事情总是做了却又后悔。

可即便如此，你还是比那些外表善良，实际高傲、狭隘、趾高气扬的假面人要活得舒服多了。

在你看来，生而在世，真性情最重要。

对你而言，成长的下一步，"做到理性"是最难受的事情，它虽然可以让人少些后悔和遗憾，却也会让人难做自我。在你看来，"理性"让人学会了向现实妥协，渐渐长成了你不喜欢的样子。

所以你更喜欢清醒。清醒使你不会轻易妥协和委曲求全。因为，成长这条路始终都是你一个人的路，无论在这条路上跌倒几次、偏离几回，无论前方是高山还是荒原，你都能走过去、越过它，到达路的尽头。

你学会了在分手的时候不撕破脸皮，学会了别人在背后捅你一刀的时候微笑着说还好，也学会了孤身一人为梦想奋斗的时候咬牙坚持。你现在觉得很难，但是你要明白，这样的你可能会在以后遇到一个更优秀的爱人，走到更高的地方，去看着梦想发光。

你要相信一切都是公平的，只要你一直善良努力。

请相信，那些偷偷溜走的时光，催老了你的容颜，却丰盈了你的人生；请相信，青春的可贵并不是因为那些年轻时光，而是那颗盈满了勇敢和热情的心，不怕受伤，不怕付出，不怕去爱，不怕去梦想。

请相信，青春的逝去并不可怕，可怕的是失去了勇敢地热爱生活的心。

你会发现，恐惧就是这样一个懦夫，当你触及它的底线，接受事情最坏的结果，然后开始准备和它大干一场的时候，它早就不知躲到哪里去了。

每个人都或长或短地需要经历一段纠结的岁月：想成为家人的依靠，却发现生活远比想象艰难；安慰自己还小，不少同龄的朋友看来却过得比你风生水起。

但请你不要着急，也不要沮丧，只要你还年轻，只要你还相信梦想和努力，你同样会熠熠生辉。

愿你终能成为自己喜欢的人，不焦不躁，不怒不狂；温柔克制，朴素成长。买得起自己喜欢的东西，去得了自己想去的地方。

愿你成为一个现实的人，现实到爱憎分明，现实到再也不取悦对自己冷漠的人，现实到再也不冷落对自己温柔的人。

愿你一生"笨拙"，一生都学不会伪装，继续爱憎分明，一生坦诚。

目　录

第二辑　世间所有的相遇，都是恰逢其时

第三辑　想玩就不能玻璃心，爱闹就别怕受伤害

第五辑 年轻时不为梦想买单，老了拿什么话说当年

第六辑　不想长大，只是怕变成自己不喜欢的那种人

第一辑

爱要坦荡荡，
不要装模作样到天长

射手是爱的时候专情到不行，不过一旦发现对方不值得，断的自然而然就干净利落了。结束的就不再执着，所以总被说成没心没肺，见一个爱一个。其实射手心里也不一定就真的能放下自己付出那么多年的感情，但在行动上不会拖泥带水，不行就是不行了，没什么好商量。

射手座心里有一把弓箭，你每伤他一次，他就会把弓拉开一点。直到拉到极限，那你也算是把他伤到了极限。

你要知道，力的作用都是相互的，在射手放弃你的那一瞬间，他就把你送到千里之外的陌生地方去了。

爱要坦荡荡，
不要装模作样到天长

射手是永远的大孩子。心大又爱交朋友，而且亲切感十足，有一种傻乎乎的聪明劲儿，想哭就哭，想笑就笑。

射手爱的时候就勇敢爱，不爱就离开。最烦反反复复，直爽得让人羡慕。

坦坦荡荡是我最崇高的信仰，
装模作样从来就不是我的强项。

也许你已经坐了十几个小时的车到达他的城市，却得不到他的待见；也许你苦苦熬夜只为等他一句哪怕是冷冰冰的回复；也许你对他千依百顺、言听计从，然后失去了自我；也许你节衣缩食，却只为对他慷慨大方……

你小心翼翼、战战兢兢，生怕惹他不高兴，你恨不得把自己的心掏出来放到他面前。

可是亲爱的，这一切又有什么用？爱情从来就不是按劳分配，也绝不遵循天道酬勤的原则。

在你最好的年华里，就算你把所有美好的愿望，所有对爱情的憧憬都给了一个人，但太过用力的爱情，即便最后如你所愿和他在一起了，这段关系也是不平等的。

你要记住，爱情就应该坦坦荡荡，舒舒服服的。不要装模作样、委曲求全的天长地久。

在长大的过程中，你似乎已经习惯了努力。在学习或工作中，所有人都在告诉你，越努力越幸福。这种"努力奋斗"的观念深深地扎进了你的意识里。

直到你遇到了一个喜欢的人，于是你便把他当作是一道难解的数学题，当作是一项上司交代的艰巨任务……于是你百般讨好、万般迁就。

可是，这是你想要的爱情吗？

年少的时候，我们总是羡慕电视剧里的爱情，仿佛打了鸡血一样爱得惊天动地。

听到"平淡的爱"这样的话总会嗤之以鼻，觉得无趣，好像是一盘冷掉的香灰，或是一杯不再冰爽透心的温吞白水，不再诱人，不再曼妙，不再浪漫和新奇，微弱得好像不存在。

可是直到后来才明白，爱情原本就是个很娇气的东西，它经不起太多的挑剔、你死我活和无理取闹，也经不起任何的伪装、刻意讨好和忍辱负重。

当爱情拂去所有的惊喜、荣幸、不敢置信和小心翼翼，才是爱情最原本的样子；当爱情不再需要刻意，不需要伪装，不需要讨好的时候，爱情才能真正长久地存在于我们的生命里。

在旁人看来，射手就像是从小吃"正能量"药片长大的样子，心胸的容量不是一般的大，什么事都能装得下，而且只要是遇到想做的事，就会充满了动力，就好像全世界没有他搞不定的事。

Sagittarius

爱情着实珍贵，但用力过猛，就会爱得不恰当。似乎要有很大的机缘和耐心，两个人才能慢慢磨合出最舒适的相处模式。就像两颗火热的心，在交往中慢慢摸索彼此的温度，然后一点一点溶解自己、接纳对方。

　　其实，只要两个人都坦荡一些，爱情本应该简单很多。就像穿着一双好鞋，你感觉不到它，好像还是光着脚一样，它却能陪你去远方。

　　其实呢，一个人如果喜欢你的话，他会心甘情愿地每天给你送早餐。可是如果他不喜欢你的话，即便你真的征服了整个世界，他还是看都不会看你一眼。

　　爱情最好的状态就是，你不需要天天给他送早餐，百般讨好他，他也不用这么辛苦把整个世界送到你面前来，但是你们依然过得很开心。

　　喜欢当然要去追，只是不要以为努力就能获得爱，不要在这个过程中过分地委屈自己。

　　你要记住，爱情最好的状态是安静、舒适、自然，不刻意，不做作。

射手是永远的大孩子。心大又爱交朋友，而且亲切感十足，有一种傻乎乎的聪明劲儿，想哭就哭，想笑就笑。爱的时候就勇敢爱，不爱就离开。最烦反反复复，直爽得让人羡慕。

Sagittarius

这世上有很多东西可以靠艰苦奋斗得来，唯独对于爱情，你真的不要太努力。你要相信，一份好的爱情其实是不需要太努力的。

美好的爱情里，没有谁主动谁被动，只有一拍即合、心意相投。

他不嫌弃你不爱打扮还路痴，领着你出去的时候会是个包袱；你也不会怪他长得不够帅气，拉他出去遛的时候丢尽你的脸面。

如果你喜欢他，你就主动地往他的方向走几步，再走几步，如果他看见你走过来了，却没有要迎接意思，那么你就应该停下来了。

当然，你也不需要别人太努力地讨好，如果你不喜欢他，就该告诉他，让他适时地停下来。这便是对喜欢你的人最大的温柔。

你会慢慢发现，留得住的不需用力，留不住的不需费力。

愿我们都能在这个必须拼个你死我活的世界里拥有一份无须太努力的爱情。

射手和巨蟹一样恋家，盛产宅男宅女。在熟悉的环境中常常是大大咧咧、没心没肺。温柔是射手的表面，腹黑才是射手的内心。射手怕孤独，渴望陪伴，爱幻想，但是也很现实，是典型的"间歇性精神病"患者。

Sagittarius

要 么 一 生 ， 要 么 陌 生

射手是一个崇尚自由的星座，他的精神主旨就是向前冲，无论遇到什么，都会打起精神，这就是刚直、率真、乐观的表现。

在很多人看来，射手很滥情，因为追求刺激与好玩，所以显得很自私，不顾对方感受就掉头走掉。其实射手只是不爱了而已，对他而言若是不爱了，就不应该互相"打扰"。

你的爱很慷慨，所以也非常伤人。
如果你给我的，和你给别人的是一样的，
那我就不要了。

同时爱很多人，那不叫爱情，那叫滥情；只爱着一个人，那不叫吃亏，那叫专情。

爱情，如果不唯一，那还叫爱，那和花天酒地有什么分别？爱情，如果不唯一，何必要天长地久，孤独终老又有什么不行？

世间有很多东西可以分享，包括亲情、友谊……但唯独爱情不行，爱情里最重要的是唯一。因为不是唯一的爱，就等于没有爱。

如果你在他的世界里不那么重要，如果你只是他生命的过客，而不是唯一，那么请你趁早远离他。不要让自己习惯他、依赖他到无法自拔。

如果从一开始，他只是陪你走过一小段人生的路程，如果注定会分离，就让自己去习惯孤独。

如果做不了他的唯一，那么就连最爱也不要做。如果他给你的，也同样给了别人，那你宁可不要。

那么趁早放弃他对自己的好吧。因为也许他一点点的温暖就会让你像拥有整个太阳。可当你习惯了他的好，并且奢望着他的好，当他转身离开的时候，留给你的除了一道道伤痕，还能有什么呢？

每一颗真诚的心都值得拥有一份珍贵的爱情，但是你需要明白，他给你的爱情必须是唯一的才珍贵，而不是用情不专、朝三暮四。

你需要的是一个可以陪你走完一生的伴侣，而不是只走一段路的人。

爱情本来就是一件浪漫的事，从一开始两颗心的相遇，到后来两个人决意携手一生。

当然不是每个人都敢给你唯一的爱，因为有太多的人把暧昧当感情，把消遣寂寞当作目的。

只有将爱视为唯一的人才敢用一生那么长的时间为誓，许下唯爱一人的至高承诺！

爱情里不唯一，那么你只能是对方的备胎，而不是永远的爱人。

射手有两张脸，与人甜蜜时是一张，柔情无限；分手时改换另一张，绝情绝义。射手分手后是不会伤害对方的，他的忘性比白羊还厉害。分手就分手了，收拾清爽又是一条"好汉"。

Sagittarius

射手自带超自然的自愈系统，所以一般的难过还没开始呢，就忘了自己是因为什么难过的了。但是，尽管射手有着如此天赋，但架不住他喜欢胡思乱想。射手就是那种"别人休想伤我一毫，但自己能把自己折磨死的傻子"。

Sagittarius

在爱情中，许多人在寻找那个唯一，也担心错过对的伴侣。事实上，这世上适合你的异性，其实不止一位，只有合适的人在合适的时机出现，才是"对的伴侣"。

那些在生命中出现得太晚，赶不上被爱，或出现得太早，没准备好去爱的对象，即使再优秀，也不是此生绝配。

只要你保持好自己的节奏，不纠结，不遗憾，幸福迟早会来敲门。

很多人都想拥有一段不将就的爱情，不将就寂寞，不将就距离，不将就物质；很多人都希望有个人闯入自己的生活，不只是为了和自己谈一场恋爱，而是成为一生的伴侣。

那些把恋爱看成一场游戏的人，不会太专一，只是希望赢得"爱情游戏"。但是爱情，从来不是一场游戏，也没有所谓的输赢，它不仅仅是浪漫，更是一件庄严而神圣的事。

所以别把爱情当作暧昧，既然爱一个人，那就全心全意，千万别三心二意。

射手有时很孩子气，被人暖一下就发热，被人冷一下就结冰。
但和射手在一起会很舒服，因为他不会强迫你去做某件不情
愿做的事情，他常常把"顺其自然"当作人生的信条。

Sagittarius

爱，是心灵与心灵的相知，它可以不要太多的语言来粉饰。

真正相爱的人，会毫不计较地为情感付出，唯一的期盼只是对方的疼惜；真正相爱的人，会时时处处牵挂着对方，给他以关怀体贴；真正相爱的人，一个动作、一个眼神都能心领神会，那份相知的默契胜却一切物质带来的欢悦。

一个人如果说爱你的时候，还给别人留着希望，那他的条件再好也不要；一个人如果交往的时候，还和别人暧昧，那誓言再多也没用。

爱情里最重要的是唯一。

所以，如果你还未确定与他厮守一生，就不要轻易说天长地久。你要记住，爱情不是一时兴起，而是在一起不分开。

別 缠 着 曾 经 不 放 手 ，
别 赖 着 往 事 不 肯 走

在感情方面，射手座常常被人视为"无情无义"的人，
很大一部分原因在于射手对待感情总是得来得快，去得
也快，而且不留痕迹。

对射手的感情最好的诠释是：一生多情，但次次真心。

很多时候，
你说放下了，其实并没有真的放下，
你只是假装很幸福，
然后在寂静的角落里孤独地抚摸伤痕。

　　年轻的时候，你向往流浪，以为到一个地方漂泊便是旅行的意义。后来才明白，原来流浪不是身体没有目的的行走，而是心里的人没有喊你停下来。

　　曾经以为，离别是离开不爱的人，有一天，长大了，才发现是离开你爱的人，擦着眼泪，不敢回首。

　　曾经以为，放下一个人会很简单。可以没心没肺，故作洒脱；可以对酒当歌，花前月下。

　　有时一个人的时候，思念和牵扯潮水一样地袭来，你不知道如何回答自己。然后让思念拍打离别的海平面，你站在潮汐中，脚下留下他的影子，但那人却不再回来。

　　于是你问：如何忘掉一个人？

　　其实，最好的办法，就是不用找寻办法去刻意放下。而所谓的放下，就是面对喜欢的人和一段记忆时，就像面对一只坏了的水龙头，它静置在你身旁的一角，平时无关紧要，记忆和情感漏水了，也不用特别在意地去换一只新的，只需要拧一下即可，然后继续生活。

有一个充满霉气的词，叫"那时候"。

那时候，他就在你身边。微风吹在长青木上，阳光照在他的脸颊上。一切都是怀旧的色调。你是曾经的你，他是曾经的他。

于是，你一遍又一遍地翻阅着曾经的短信、邮件、相册和聊天记录。你一条一条地朝过去翻阅，翻到了相会的那一天，翻到了晚安的那一天，翻到了告白的那一天……

而此时，你脸上的表情是一会儿想笑，一会儿想哭，但就是不敢再发过去一条留言，用温柔的声音问："还好吗?"

曾经，你以为每个故事的结尾，都是皆大欢喜，但现实总会给你留点遗憾，但如果曾经的那段时光你快乐过，那么此时还有什么好遗憾呢?

你要明白，就算曾经疯狂爱着的人，如今变成了别人家的男女朋友，这都没关系，只要你为了追上一个人的脚步，而使自己变得更好了，这就足够了。

身边少了一个人，又多了一个人，没有好与不好，只有合适与不合适。爱对了是爱情，爱错了是青春。

再后来，你和他可以满心轻松地坐下来，聊起前任，聊起曾经在一起的甜蜜和争吵，不会再把对方的朋友圈屏蔽，也不必拉黑对方。偶尔也会和对方聊聊天，但只是不痛不痒地聊聊天，不会对过往提及太多，因为那些过去的，再没那么刻骨铭心了。

就这样，曾经你以为放不下的东西，终于可以就着酒笑着去讲，就像在讲别人的故事。

时间给予了人遗忘的本领，当思念翻越了几个日夜，爱恨经历了几个轮回。你自然是不会忘了他，但也不会刻意想起。因为他真实的存在于你的生活中，你不需要否定从前的生活。

所以，如果你现在还在为了放下一个人苦苦挣扎，不要害怕，不用难堪，因为曾经以为最爱的人，终有一天，也成为了一个路人、一个片段，一个深信无法逾越，但终于能随手翻翻看的日记本、旧相册。

只是，他是那时候你想翻山越岭奔去的山头。但现在，走走停停，迂迂回回，你不想再长途跋涉了。

但他留下的每一处风景，都像一页书签，夹在你葱茏茂盛的时光书本里。只希望有一天，你偶尔翻到这一页，能够哑然失笑，能够嘴角上扬，然后把它放在他该有的那一页，继续朝下翻。

仅此而已。

愿以后他爱的人都比你爱他，愿以后你爱的人都不像他。

放不下错的人，
就永远遇不上对的人

射手座有时候是"堂吉诃德"，有时候又化身为"南丁格尔"，既充满正义感，又柔情万千。

射手对世界往往充满了好奇，却又缺乏戒心，每次感情都是满心真诚，结果却经常是在冲动地跳入爱河之后，才发现原来只是一条臭水沟。

射手通常都有着天真乐观的个性，爱情的挫折不会轻易将他击倒。他很快就会有再试一次的勇气。

拼命对一个人好，生怕做错一点对方就不喜欢你，
这不是爱，而是取悦。
分手后觉得更爱对方，没他就活不下去，
这不是爱情，是不甘心。

在你身边，有这样一群人，他们珍视爱情，渴望爱情，在情感中永远扮演弱者，努力付出不求回报，如同飞蛾扑火粉身碎骨也无怨言。

爱情对于他们而言，如同人生一场重要的战争，除却战火与泪水，便是渴望胜利那一刻获得至高的奖赏。

这样的一群人，既放不下过去，也遇不到对的人。这样的人似乎只有过去，没有将来。这也注定了他们会在爱情里越发沉沦，越发痛苦，渐渐成为爱情的附庸，变成了对方的奴仆。

要知道，在爱情里越是卑微，就越是抬不起头，更无法换来期待的爱的回应。

然而真正的爱情，并非一场战争，而是两个人一场漫长的旅行，双方平等、公正，承诺共同付出、共同承担。

爱情里的你们彼此独立不忘本心。爱他时，你不是一只猫，做他的附庸，对他摇尾乞怜，亦不会刻意讨好。你们彼此

相爱，便要一起勇敢，努力磨平彼此的棱角，最终契合成一段美满的人生。

有感情的人，遇到的问题总会特别多。因为感情会让一点小事，放大许多许多倍。只要有感情的牵扯，痴心的人就会多想，薄情的人就会多变。

在爱情之下，没有人可以理智地去思考。所以，也不需要相互埋怨。你要知道，爱情这场战争没有输赢，只有伤心。

如果你放不下那个错的人，那么你永远也找不到那个对的人。错的人让你以为爱是地狱，对的人让你知道爱是天堂。别让不合适的人，带走最好的你。

当你记得一个人时，不需要冥思苦想，就可以清楚记得他的每句话，每一次对你的好；而当你忘记一个人的时候，不需要遗忘，就会对他的一切都熟视无睹。

所以，当你忘不掉一个人时，是因为还爱；

当你不记得一个人时，是不爱了。

所谓的死心，就是不需要做什么，却全然已经忘记。

为什么你会为爱情而改变，如果只是因为你害怕失去，那么你只会失去的更多；如果是因为他而变好，那么你也会得到更多。

当你恐惧失去一个人的时候，你就会情不自禁地想为他做很多，为他而改变自我。这个时候，你和他相爱的基础并不是感情，而是恐惧，缘于没有办法接受失去彼此的事。当这种恐惧消失的时候，那就是不再爱了。

可是相爱是两个人的事情，如果只有你一个人努力，那结局注定是苦涩的。

痛过，才知道如何保护自己；哭过，才知道心痛是什么感觉；傻过，才知道适时去坚持与放弃；爱过，才知道自己其实很脆弱。

其实，生活并不需要这么些无谓的执着，没有什么就真的不能割舍。

在人生的路途上，你渐渐地知道，最好的爱情，不是大起大落、大喜大悲，而是一杯温水，不随外界变幻而更改，不因岁月迁徙而转移，给你的是永恒的温暖。

时间，让深的东西越来越深，让浅的东西越来越浅。

看得淡一点，伤得就会少一点，时间过了，爱情淡了，也就散了。别等不该等的人，别伤不该伤的心。

你要记住，幸福常常来得不经意，可能在下一个路口，你就能和它悄然邂逅。

你真的要过了很久很久，才能够明白，自己真正怀念的，到底是怎样的人、怎样的事。

总有一天，你会遇到一个彩虹般绚烂的人。在你遇到那个人之后，才发现其他的都不过是浮云。

所以，亲爱的，你一定要相信，时光洪流之中，爱情从来不会缺席，未来一定会有人在等你。

最 初 不 相 识，
最 后 不 相 认

射手座最普遍的分手方式就是直接消失，方式包括注销电话号码、拉黑联系人……什么分手理由也不说，任何分手前兆也没有。就是突然间消失、失踪，人间蒸发！

如果你的射手爱人突然消失了，不用怀疑，你被分手了。

射手的脑子里好像有个编程，只要结束了一段感情，立刻删除相关所有文件，说忘就忘，毫不留恋。今天缠缠绵绵，明天形同陌路。

慢慢的你会相信：
没有什么事不可原谅，
没有什么人会永驻身旁。

　　他不知道某些时刻，你有多么难过；他不知道，没有回应的等待，让你有多累；他不知道，你是鼓起了多大的勇气，才敢念念不忘；又或者，他不是不知道，只是假装不知道。

　　你为什么总是那么傻，非要到所有的热情都耗尽了，才想起来要离开？

　　曾经的沧海桑田，曾经的天荒地老，曾经的山盟海誓，终究抵不过时间的流逝。随着时间的流逝，你和他不再相爱，或许连想起都需要花费很大的力气。

　　回过头去，看不到曾经在一起的痕迹，尽管，曾经那么用力地在一起过。总以为，在最初的地方，有一个原来的你，就也会有一个原来的他。所以你傻傻地等着，只为遇见他，可是你却忘记了，他早已转了弯。

　　总要等到过了很久，总要等到退无可退，才知道曾亲手舍弃的东西，在后来的日子里再也遇不到了。如果可以请不要念念不忘，伤口好了，就要舍得离开。

多少情，多少爱，就这样，在一夜之间烟消云散，不会留下丝毫痕迹。

只是在你心中，有一道无法磨灭的伤痕；只是在你脸上，多了一道愁容，只是在你眼中，有一种晶莹，只有你知道，那叫泪水。

于是你慢慢明白，这世上有成千上万种爱，但从没有一种爱可以重来。你们明明不是陌生人，却装得比陌生人还陌生。

原来，从他转身的那一秒开始，你的幸福，便与他无关。

已经分手了的人，双方都不必再等下去了。毕竟两个人曾经深深爱过，在一起生活有过回忆也是好的。

所谓的等待，只是耗费双方的时间互相绊住对方。既然在一起时都不珍惜，分手后再谈等待又有何用。不必等了，缘分自有天意。

不是所有的关怀都能等待你的开怀，也不是所有的爱都能经得起等待。

多少黑名单，是曾经的特别关注；多少次互道晚安，如今却变成了"呵呵"与"再见"的客套应对。

没有一段感情是始终如一永恒不变的，也不会有多少朋友会一直守在你旁边。就像听一首曲子，调子喜欢就围在一起，曲终人散就好好道别，从此不再打扰。可惜很多人只会享受甜蜜，不会处理告别，怨恨纠缠，互相讨厌。

多少爱情都是这样的——故事的开始"我会给你幸福"，故事的结局"祝你幸福"。

其实，分手并不可怕，可怕的是你一直陷在旋涡里面，越想摆脱，却越陷越深，无法自拔。

分手了，不要去问原因要答案，因为永远问不到真相。即使真的被误会，也已经没必要解释了，对你不信任的人，何必呢？分手了，最应该做的事情是头也不回地走掉。

心情，留给懂你的人；感情，留给爱你的人。你要明白，不是所有的人都知道你的心思，不是所有的人都会对你微笑。

你再优秀，也总有人对你不堪；你再不堪，

也有人认为你是限量版的唯一。

生命的价值在于自己看得起自己，人生的意义在于努力进取。

心不能贪，有一个在乎你的人足矣。

在乎你的人，了解你成功背后的艰辛，清楚你坚强背后的不屈；在乎你的人，也许不在身边，但你一定在他心里、生命里；在乎你的人，也许默默不语，但一定在关注着你守候着你。

如果相爱的两个人背道而驰，没机会没可能了，那么你就不必再傻傻地等对方。也许你在痴痴等候，而对方却过得欢乐。

对于没有缘分已经离开了的人，哭过之后就忘记吧。因为老天不想把不好的送给你，老天要送给你的，是下一份美好的感情。

你不必害怕，岁月有的是机会让你遇见更好的人。

如果你要走，
我也不会留

如果对方提分手，不甘被束缚的射手就像迈向另一个春天的开始，他在多数情况下都能做到大方坦然地接受。对射手座而言，爱就爱得值得，错也错得值得，曾经爱过就足够了。

没有一颗强大的内心，一般人都没法和射手谈恋爱。和射手谈恋爱就好像放风筝，时而大风，时而没风，太近不行，太远也不行，紧追着、慢赶着，然而手里什么时候脱线的都不知道。

爱其实很简单，只是差了你愿意。
我不曾后悔与你相遇，
但也不愿重来一遍。

　　爱你的人是不会冷落你的，更不会离开你。因为他知道，离开了你，他会舍不得，而你会难过。爱你的人是舍不得让你难过的。

　　爱得坦荡的人最大好处就是，不会再刻意地去高估和煽动自己去对一段关系寄予厚望，开始学会冷静地处理——不捆绑，不束缚，不过度美化，给予彼此足够的真诚和理解。

　　缘分的聚与散都是很正常的事情，"如若你要走，我也不挽留"，这大概就是最坦荡的爱情观吧。

　　不属于你的雨伞，你宁可淋着雨走路；不属于你的心，你自然也不会挽留；不属于你的东西，你从来都不会要；不是真心给你的东西，你也从来都不稀罕……

　　想要离开你的人，你是留不住的。因为爱的表现只有一个，就是他想和你在一起，而不是三天两头地想要离开你。你给他倒了一杯热水，而他惦记着其他饮料，所以他将热水放置一旁。可是饮料越喝越口渴，等到他想起了那杯热水的时候，再端起来恐怕已经冰冷刺骨。

是啊，假如他给你的爱出现得晚了，那这份爱就是入冬的扇子，晴天的伞。

你是无法叫醒一个装睡的人，也无法感动一个不爱你的人。

如果他要走，你无须挽留，挽留住的只是无尽的惆怅；如果他未曾想过留守，你也无须伤感，伤感过后只是无边的寂寞。

关于分道扬镳这件事，其实谁都没有错，既然都是命定的缘分，来的时候本来就无法躲避，走的时候也无法挽留。

有的人，无论去到何处，遇到什么，好的或者不好的，都不太容易想起对方。对于这样的人来说，爱情不过是转瞬即逝的新鲜感，余下的是得过且过的琐碎，看起来从容不过是因为不在乎。有的人，虽然不太会讲那些动听的话，但却是吃到美味的巧克力时，也会想着留一半给爱人。

一个人爱另一个人，分很多种，有的愿意挡子弹，有的愿意买早餐。爱没有大小，也没有是非对错，只有出现的时间是否合适正确的不同。

有的人爱另一个人，但是时间不合适，爱便如昙花一现，虽然有惊心动魄的美，却终究不会长久。有的人爱另一个人，虽然爱得缓慢迟钝，却朝夕不改初衷。

常常会在不经意间想起曾经的某个人，不是忘不了，而是放不下。那些不愿再向任何人提起的牵挂，在黑暗的角落里潜滋暗长。

总是在不懂爱的时候遇见了不该放弃的人，在懂得爱以后却又偏偏种下无意的伤害。

遇见某个人，才真正读懂了爱的含义；错过某个人，才真正体会到了心痛的感觉。

这世上有许多东西没有永恒，这世界许多事情没有结果，而美丽依旧美丽，辉煌仍旧辉煌，又何必斤斤计较时间的长短，又何必兜兜转转寻求因与果？

什么是地老天荒？什么是天长地久？

遇见一个心动的人本是生命中的偶然，有遇见就会有分别。若没了这份遗憾，又何来狂喜？若没了这份无奈，又怎么在将来学会珍惜？

感情的来去没有谁可以先知，或许冥冥之中有一只神奇的手把不同的人串联在一起，让你和他共同品尝生活的得与失，爱与恨。

欢喜也好，忧伤也罢，经过就放下吧，错过就释怀吧。

分开时，不必无谓地翻找昔日的海誓山盟；离别时，不必无谓地重复那许多琐碎的岁月。你会发现，所有沉重的回忆都会慢慢变得轻松起来，所有凝重的情绪也会变得松弛下来。

你要记住，时间回不到开始的地方，对于已经错过的，不用再试着去挽留，错过了就错过了。有些东西原本就是让我们牵挂而不是获取的。

我 若 离 去 ， 后 会 无 期

射手有两张脸，与人甜蜜时是一张，柔情无限；分手
时改换另一张，绝情绝义。所有的情分在分手那一刻，
射手都可以做到一笔勾销，好像从来没见过一样。

如果有人决定要离开射手，他肯定会在你之前离开，
而且是痛痛快快的。

射手分手后是不会伤害对方的，他的忘性比白羊座还
厉害。分手就分手了，收拾清爽又是一条"好汉"。

人，永远不会珍惜三种人：
一是轻易得到的；
二是你以为对方永远不会离开的；
三是那个一直对你很好的。
但是，往往这三种人一旦离开就永远不会再回来。

删掉你电话号码的人，也许曾经和你有过几百页畅谈的聊天记录；街上碰见不打招呼的人，也许曾经乐此不疲地整天腻在一起……

身边的人总是在不断地更替，一段关系有时断得悄声无息，却让人措手不及。

原来，不论是友情，还是爱情，若有人离去，多数将会后会无期。

同一句话，有人说你哈哈一笑，有人说你却很介意。同样的离开，有些人你只会当路过，有些人你却痛不欲生。

其实，成长的路没有错的，错的只是选择；爱也没有错的，错的只是缘分。

年轻的你，总是容易把感动当成爱，也容易把过客当成挚爱。

以前你痛苦难过的时候，会哭，会写几千上万字的日志，会死皮赖脸地给一个人发短信说"我会变成这样，都是被你害的"。现在，只会挤出一个敷衍的微笑，言不由衷地说一句"我没事"。

　　你要明白，离开一个地方，风景就不再属于你；错过一个人，那人便再与你无关。

　　当一个人习惯了你的好、习惯了你的爱、习惯了你的关怀的时候，你为他所有的付出便是理所当然，便是有恃无恐的。这一切，他都不以为然地坐享其成，只因为习惯。

　　而当你决心离开只懂接受爱，不懂回馈爱的他时，他迟来的醒悟将是多余的，忏悔也将是徒劳的。

　　其实，他不知道，有恃无恐，恃的不过是你的爱；他更不知道的是，当你的热情被他浇灭之后，你对他的爱也随之消散了。

　　其实，你没有必要去讨好谁，更不能做别人扇你一巴掌还笑脸相迎的事。你要相信，你错过的，别人才会得到。正如你得到的都是别人错过的。

　　不亏待每一份热情，不讨好任何的冷漠。一旦攒够了失望，就可以离开。

有的人离开就是离开了，渐渐地，生活会变得没有什么不同，仿佛那个人不是消失了，而是从未出现过。

这是你所希望的，也是必须承认的，原来你没有那么重要，原来你并非不可遗忘，面对时间，每个人都一样。

所以，保护好你的偏执、你的固执，别人喜欢也好，不喜欢也罢，这些都是你区别于别人的地方。

你讨厌做事如履薄冰的感觉，更不喜欢步步为营的虚伪。因为在你看来，人这一生蹉跎，倒不如活出自我，随心与随性地生活。

你也会忍让宽容，也可适时放低姿态。但是，关于你的底线，你绝不容许别人侵犯。

即便是最爱的人，也要尊重彼此的底线；即便是最重要的人，也要坚持住自己的底线。

你要记住，一个人爱上你的原因，并不是你有多好，而是你对他有多重要。

谈恋爱，是两个人相互权衡比重。所以啊，你对他有多重要，就代表他有多爱你。所以，如果他始终无法发现你的重要性，那么你表现得再好也是徒劳。

不是因为幸福才微笑，而是因为笑了才幸福。不管别人怎么对你，那都是别人的事，人最大的敌人始终都是自己。不存在谁对不起你，谁欠你，走出阴影就是人生赢家，走不出就是自作自受，都怪你自己。

诚如哲人所说，有时候你需要狠狠地摔一跤，才知道自己站在哪儿。

其实人都差不多，新鲜感和热情消失得很快，有人离开，也会有人过来。

你要相信，上天安排你与某个人相遇，是有原因的；上天若又安排他离开，那是因为有更好的原因。

愿你懂得珍惜每一刻与人相处的时光，因为你不知道哪一次再见，会变成再也不见。

第二辑

世间所有的相遇，
都是恰逢其时

射手座充满了热情、喜欢交朋友，但是他更喜欢自由，所以要让感情稳固，就得要让他真的心甘情愿。一旦让他动了真情，对你表达爱意时，你千万不要太惊讶，也别以为他在演戏，他或许会以夸张的形式表达爱，其实那是他展现诚意的表现。

在射手座面前，你可以闹小脾气、耍任性，不过你只有五分钟的时间做这些事情；射手喜欢来去自如，你大可不必随叫随到；射手也许会莫名其妙地失踪，但也可能随时回来，等不等你自己决定，但千万不可要求和强迫

射手座绝对是那种"若为自由故，什么都可抛"的人。

爱 是 彼 此 陪 伴，
成 为 对 方 的 太 阳

射手是那种平时看着不靠谱，嘻嘻哈哈的，可真的到了正经的时候，又严肃得让你惊讶。他就是那种当所有人都离开你、不相信你的时候，坚定地站在你身边，而当所有人都拥护你的时候，默默陪伴你的人。

对性格乐观、行事经常我行我素的射手座，可千万别想绑住他，那只会让他提早远走高飞。不管是友情，还是爱情，若是爱他，就耐心地、静静地陪着他吧。

我无法保证给你一段完美的感情，
没有争吵，没有分歧。
但我能保证只要你坚持，
我定会不离不弃。

　　你可以有你的学习或工作，你也可以很忙；你可以很霸道，你可以很倔强，但请不要把你的坏脾气当作武器，去伤害你最亲密的人。

　　最合适的感情永远都不是以爱的名义互相折磨，而是彼此陪伴，成为对方的太阳。

　　爱一个人不见得非要做出一些惊天动地的事情来，而是无论何时何地都念着对方。看到好看的衣裳，想到对方；吃到美味的食物，想到对方；遇到绚烂的风景，想到对方。

　　想到对方的时候，眼角眉梢都是温柔的爱意。

　　好好爱一个人真的很难，你要牵挂他的冷暖，担心他的安危，关注他的进退，在意他的悲喜。所以，在你选择爱他之前，你想好了吗？无论多少祸福、荣辱，都要不离不弃；无论多少诱惑、陷阱，都要不偏不移。

牵手是上帝的安排，路要靠自己走，放手不是不爱的借口，牵手才是天荒地老的永久。

许多人成天满嘴甜言蜜语，将爱挂在嘴边，却吝啬于用行动付出，这样的爱无疑是虚伪的，经不起时间的推敲。

慢慢地你会发现，但凡真爱，多半无言，只是默默地付出和无声地陪伴。

真情或假意，是掺不得一点假的。所以亲爱的，判断一个人是否真的爱你，请你用眼睛去看，不要只用耳朵去听。陪伴才是最真情的告白，相守才是最温暖的承诺。

爱是和他一起看晨曦，想和他一起经受时间的考验；和他一起看晚上的繁星点点，想和他感受岁月的美好与宁静。

世上最牢固的感情不是"我爱你"，而是"我习惯了有你"。所以，不要害怕时间，如果爱得足够深，时间便会让其变得更深。

人和人刚相识的时候总是习惯把最好的一面呈现给对方，相处时间久了各种缺点就渐渐暴露出来了。有一天你不用装，不那么累，该做什么就做什么，而对方把你看得透透的，却依然不嫌弃你，那就是爱了。

　　其实我们就是要找一个谈得来、合脾气、在一起舒坦、分开久了有点想念的人，爱情如此，友情同理。

　　好的恋情不就应该是这样的吗？彼此欢愉，觉得和对方在一起很舒服、很轻松。你知道他不会给你施加压力，你也不会给他制造麻烦。你们彼此独立，却又彼此关心。

　　即便是产生分歧以后，你会和他好好沟通，他会耐心听你把话讲完。你和他说话不用解释半天，他和你聊什么话题你也都能听懂。

　　在爱情面前，每个人都是笨的。

　　无法做到李碧华所说"凉风吹过，你醒了。真正的聪明是在适当的时间离场"；也无法做到拿破仑所说"在爱情的战场上，唯一获胜的秘诀是逃跑"。

　　每个人都想找到那个对的人，每个人都想找到一个真正适合自己的人。可这个世界上没有人生来就是与你相配的。

你可以找到一个喜欢你而你刚好也喜欢的人，已经是一种莫大的幸运了。

从前你以为，两个人在一起只要互相喜欢就好，现在才明白，光有喜欢而不去改变有什么用？只想着征服，只想着对方能成为自己心目当中的样子，最后是修不成正果的。

很多人在分手后都喜欢逃避自己的责任，把错往前任身上推，但如果你们当初下定决心要在一起，就应当拿出点相应的觉悟来。多一点关心、包容，多一点温柔、体谅。

不论你愿不愿意承认，一生爱过的人，都会从陌生变得熟悉，又再从熟悉变得陌生。渐渐地，打动我们的不再是那句"我爱你"，而是一句"我陪你"。爱情不是终点，陪伴才是归宿。

愿你能够找到那样一个人，或许不是最合适，但他却愿意为你改变。

愿你们能够相互陪伴，成为彼此生命中的太阳，照亮今后的路。

不 要 因 为 寂 寞，
而 去 爱 一 个 人

别看射手平时做事雷厉风行，干净利落，在感情前期
其实很纠结，光是在喜欢不喜欢这件事上，就得纠结
个你死我活。

说不喜欢吧，可时不时又觉得"没你不行"；说喜欢
吧，又贪恋自己一个人的自由自在。

纠结了很久，还是没有结果。加上对寂寞孤独的一点
畏惧，射手可能就这样稀里糊涂地恋爱了。

很多人因为寂寞，
而错爱了一个人；
更多人因为错爱一个人，
而寂寞一生。

其实你并不是那么爱他，只是习惯起床后第一个翻看手机有没有他发来的短信，只是想和他有很长很长的未来，只是很想跟他每天腻在一起，只是想他在你不开心的时候可以哄你，只是你想要他给你无数个可以兑现的承诺，你只是习惯了依赖他。

亲爱的，你要记住，不要在寂寞的时候去爱。最适合去喜欢一个人、爱一个人的时机，是在心灵稳固的时候。毕竟，有的人是在求救，而不是求爱。

没用的东西，再便宜也不要买；不爱的人，再寂寞也不要依赖。喜欢一个人有千万种理由，偏偏有一种理由不能选，那便是寂寞。

人都这样，难免会因为漫长的等待或者经历了几次疼痛不安的关系，轻易地爱上一个人。在爱情中遇到的最可怕的事就是这种，明明知道错了却收不了手，最后粉身碎骨。即便这样，你还是奋不顾身，至少你曾经拥有过爱情。

你假装爱上一个谁，你先欺骗别人，再来骗自己，可最后连爱都无法炫耀，直至一无所有。

你曾无意看到一句话：两个人谈恋爱做的最多的便是陪伴。你恍然大悟，连忙点头称是，于是你着急寻找一个人作陪，开始一种模仿的爱情。

可是，爱情是模仿不来的，每个人的爱情都是独一无二的，每份爱情都有自己的专利，有着独特的配方，哪里该多加一点，哪里该少加一点，差一丝都不是原来的味道。

这样的独特性无法复制也无法模拟。而你更忘了，所谓的陪伴是建立在爱情上的，而不是中途插入，把陪伴当成爱。

薄情的年代，一句"喜欢"远远比"我爱你"更动听，不知不觉爱了还是会寂寞，寂寞不是指身边没有人陪，而是心里一直没有人住。那里荒草连天，破败不堪。

你以为这只是暂时的，日久生情也可以是一种爱的方式。可是这里面怎么都不应该出现寂寞。

如果你因寂寞而爱上一个人，你只会把他当成消遣，你用爱的借口来打发时间。只要他在的时候你就不会觉得孤单，但转身关上房门的时候，你猛然惊觉，原来满屋子都充斥着寂寞的味道，你只是把爱情当作一种填充的游戏。对你来说这不是爱，只是心里寂寞的产物。

龙应台曾说："一个人固然寂寞，两个人孤灯下无言相对却可以更寂寞。"

寂寞就那样光明正大地住在了你爱情的隔壁。没有爱，或许会让人有时感到寂寞，但因为寂寞去爱人，可能一个不小心就会寂寞一辈子。这样你还会信誓旦旦地说那就是爱吗？

所以，即使寂寞的时刻，也不要轻易相信寂寞，因为在爱情里寂寞只会坏事。寂寞会让人把假的当成真的，散发一种可遇不可及的假象，让人沉迷、陶醉，最后空度一生。

因为输给寂寞所以恋爱，再因为失恋败给爱情，到最后就会连自己都输掉，甚至背上负心的骂名。你无法向另一个人交代，甚至你对自己都解释不清。

那时候你才懂，原来爱情需要先过了自己这一关才算数。而这一关，无法勉强。

孤独和独处不一样，寂寞和爱情更不能有染。你可以妥协但不能委屈自己，别因寂寞而谈恋爱。努力地学着喜欢一个人而不是习惯一个人。

如果拥有了爱情，就别去碰暧昧。面对弥足珍贵的爱情，我们需要从一而终。经得起诱惑，耐得住寂寞，唯有这样，才能给予彼此最大的安全感，爱情之路才会走得平平坦坦。

你不相信寂寞，因为你不想被敷衍，所以更不要轻易这样去对待别人。只有看重自己的爱才能被别人爱。

别因寂寞而去爱上一个人，你要把某个人摆在心里而不是只牵在手里。当你想要用爱情来填满内心的寂寞时，也许，你会更寂寞。当你本身就是丰盈的，也许你会有更丰盈的爱情。

每 场 相 遇 都 是 奇 迹 ，
遇 见 了 请 好 好 珍 惜

射手就是你越留他越想走。所以，对付射手最好的策略是：他不在乎，你比他更不在乎，他就在乎了；他爱玩，你表现得比他还爱玩，他就不想玩了。

面对射手，他进一步，你就小退一步，他再进一步，你也就退一小步。接下来他开始若即若离，你就给他自由，给他全部的自由。然后他就毫不犹豫地朝你大步走来了。

给射手自由和距离，是最容易打动射手的策略。

有人总喜欢把爱情比喻成放风筝，拉得太紧放得太远都恐慌。爱情确实像放风筝，可一个是风筝，另一个却并不应该是拉线的那个人。

爱情里的一方是风筝，渴望飞上天空看看更广阔的世界和更蓝的天空，可是却没有翅膀；而爱情里的另一方应该是风，自由无羁神通广大，可却没有什么陪伴。

相爱的两个人，应该是这样的关系，相互陪伴，相互尊重，相互依托，既为了更好的生活而努力，也不忘在对方的梦想上添砖加瓦。

风和风筝，相互陪伴着才能飞得更高。而对那个拉线的人来说，或许你可以短暂地拥有对方，但总有一天，对方会因为害怕你的捆绑，会因为自己的追求而挣脱你的束缚。

如果你爱一个人，请像风一样地守护在他的周围，带他见识更温柔、宁静、舒服的世界，请放开捆绑他的绳子，给他自由。

　　相爱的人，任何的吵闹、嫉妒、猜忌、孩子气等行为，都是合理正常的。再完美的人，一旦爱了，也一样像个孩子，偶尔自私，偶尔奢望……换个角度想想，你是幸福的。

　　如果，有个人这样深爱着你，千万别不懂珍惜。

　　你手机停机了，第一个不问原因给你缴费的人在乎的不是钱，而是找不到你会很失落。

　　你生病了，第一时间为你买药、带你去看医生的人在乎的不是时间，而是看到你生病会很心疼。

　　你要明白，爱情不是每天嘴上说说，而是需要用行动来证明的。如果你身边有个这样的人，请你一定要珍惜。

　　有时，一次伤害，就是一生；一次错过，便无法挽回。对待人心，需要真心；对待感情，需要用心。

　　有的人用尽全力珍惜你，你却不在意；有颗心一直为你等待，你却视而不见。

　　有多少情，不被重视，所以走开；有多少身影，不被珍惜，变成背影。

感情，不去论对与错，只有真不真；缘分，不去说长与短，只有惜不惜。

把你放在心里的人，或许只是平静地相守；始终视你为唯一的，或许只是默默地等待。

不是每一场缘，都能永远；不是每一段情，都有结局。

再热的心，如果不被重视也会凉；再深的情，如果不被珍惜也会淡。

你要记住，不要把一个对你好的人弄丢了，一辈子碰到一个这样的人不容易。错过一辆车，可以等；错过一个人，也许就是一辈子。

迁就你的人，不是没有脾气，是舍不得；让着你的人，不是因为笨，而是在乎。

经常问你"干吗"的人，不是闲得慌，而是挂记你。

真诚的人，走着走着，就走进了心里；虚伪的人，走着走着，就淡出了视线。

人与人之间的相遇，靠的是缘分，人和人

的相处，靠的是真诚。

你要记住，对你好的人，不是欠你什么，是把你当重要的人。

好好珍惜眼前的人，好好经营你们的爱情，千万别让细节打败了爱情，别以为所有人都会在原地等你，也许你一个转身，曾经相拥的人，就真的成为陌路了。

能沟通时尽量不要吵架，能亲吻时尽量不要说话。能拥抱时尽量不要赌气，能恋爱时尽量不要分手。

试着去为对方做出一点改变吧，让自己变成一个温暖、温和的人。你要明白，每一次相遇都是奇迹，所以你一定要好好珍惜。

你要记住，没有人有义务永远站在原地一直等你，能够等你的都是爱你的人。

不要因为一些琐事忽略了对方的感受，等到哪天他头也不回地离开，你再去挽留，一切就都来不及了。

真 正 喜 欢 你 的 人 ，
喜 欢 你 所 有 的 样 子

要想知道射手喜不喜欢你，你只需要跟他探讨未来就行了。要是他不爱你，别说深入探讨，就算沾个未来的边儿，他都恨不得马上从你的世界里消失。如果他爱你，则恨不得跟你说未来说个三天三夜，而且，你要相信，通常不负责任的射手一旦想负起责任来，便拦都拦不住。

需要注意的是，讨论未来的时候你不要显得太兴奋，如果他爱你也就算了，万一不爱，你岂不是连尊严也搭进去了。最好是随口一提便可，他要是不理，你就明白了。

有人喜欢你绑着头发的样子，
有人喜欢你披着头发的样子，
于是你犹豫到底该绑着还是披着。
可是你忽略了：
真正喜欢你的人，喜欢你所有的样子。

如果一个人喜欢你，那你就一定会感觉到的，如果你现在想起的只是他给你的不安，那么，其实他没那么喜欢你。

如果一个人在乎你，那你就一定会少很多忐忑的时候，你不会担心自己的着装打扮，不会为某个与他有关的选择自我纠结，他既喜欢你精明能干的样子，也喜欢你犯傻的样子，他既喜欢你精致的样子，也喜欢你邋遢的样子……

因为，如果一个人真的在乎你、喜欢你，那么他会喜欢你所有的样子。

不喜欢你的人，总是能够看到你的缺点；喜欢你的人，连缺点都能看成是优点。想让自己变得更好吗？不需要辛苦地改变自己，只要去找个爱你的人就可以。

不用减肥，不要节俭，不要扮温柔。我们不需要取悦全世界，只要在一个人眼里完美就好了。

有话就说明白，有气就撒出来，有爱就去表达，你们是相爱的两个人，有什么不能好好聊非要整天憋着忍着拿分开威胁彼此呢?

肤浅的人，往往会被一下子爱上，但时间越长就越遭人厌烦。而一个很好的人，会让人越来越爱，时间越长就爱得越多。因为肤浅的优点，一眼能看完；而深藏的优点，越久越有味道。

不要担心别人总奔着外表去，人生不是笑一时，而是要笑到最后。最好的人，就是能让你品读一生。

爱情给人的滋味一定不只是美好，一刹那的感动和一瞬间的伤心都是爱的真实感，太过于梦幻和先入为主的期待不是成熟的人对待爱的方式。

任何一种关系的经营，都是收获与成长。

所以，不要期待"永远"，爱没有永远。你此刻深爱，却注定遥远的某一天也会不再爱他。

也许他只比你早一步到达了这一天。

当他不爱你的时候，请轻轻拥抱一下回忆里的温暖，默默地离开。

世界上，几乎每一个角落都有人在问："为什么他没有给我打电话？为什么他不来找我？为什么他突然失去了联系？"

然后，这样的人身边，总有一群劝解她的死党好友。"他这样做只是因为太爱你了。""也许他害羞。""也许他自卑。""也许他不知道怎么联络你。""相信我，他肯定是喜欢你的。"而事实是，也许他只是不想找你。

你要明白，如果一个人真的喜欢你，他会动用一切力量去找到你。这已经不是石器时代了，真正喜欢你，即便经历海啸、洪水，即使你消失在人海，他大海捞针依然会找到你。

如果一个人说爱你，请等到他对你百般照顾时再信；如果他答应带你去某地，等他订好机票再开心；如果他说要娶你，等他买好戒指跪在你面前再感动。

因为，你已经过了耳听爱情的年纪。感情不是说说而已，一句"你拿着"胜过一百句"我会给你的"；一万个美丽的未来，也抵不过一个温暖的现在。

你爱的人离开你，没有什么；正如你不爱的人，你也要离开他一样。

爱情的美妙之处也许就在于不确定性，如果一开始就能预知结果，爱情也就失去了魅力。想爱时争取，相爱时珍惜，不爱时放手。

不要因为一次不合适的爱而纠结，却忘了怎么去继续爱下一个人。

在一起久了的两个人会变得相似起来，爱得多的那个，脾气会越来越好。

两个人之间的爱，不需要猜测心意，不需要担心行踪；不害怕在无意之间激怒，不怀疑做任何事情的动机。

两个人之间的爱，有一点牵挂，却不会纠缠；有一点想念，却不会伤心。你要记住，去爱一个真正值得去爱也懂得回报爱的人。爱情要学会简单，简单就会有长久的幸福。

愿你找到那个自己喜欢的人，也愿你喜欢的人也喜欢你。

世 间 所 有 的 相 遇，
都 是 恰 逢 其 时

射手相信爱情可以令自己改变，但射手的"浪子性格"尤为明显，他崇尚自由，特立独行，如风般不羁，洒脱率直。爱情一旦来临，他会表现得炽烈无比，但同时这样的性格也使得他在爱情的世界里，总会给别人飘忽不定、方向不明的感觉。

最不好的感情是浪子给的，最美好的感情也是浪子给的。往往不是人改变一个浪子，而是这个人在浪子想改变的时候刚好出现。

喜欢一个人，
就算他根本不做任何事，
只要他出现在你眼前，
就已取悦你千百回。

也许你曾看过许多关于爱情的故事，也许你在脑海中描绘过很多爱情可能的模样：它是一份毫无缘由、一心一意、心无旁骛的爱情，它里边不会有犹豫徘徊，不会有背叛，仅有甜蜜，你以为自己要做的只是接纳、坐享其成、等待而已。

后来你遇见过一些不幸福的人，他们告诉你，爱情并不那么完美，它夹杂着忐忑、卑微、辛酸、委屈与无奈。

于是后来，当你喜欢一个人，而你却什么也不敢做，只是等待他走向自己，结局往往是"看着他最终与别人在一起了"。于是你伤心一段时间，然后再告诉自己这不是对的人……

其实，这一切只是你从未努力，然后把责任推卸给命运，硬说那个人是不合适的人。

终于有一天，这样的借口再也没办法说服自己了，终于有一天，你发现其实那个生来就完全契合自己的人，那个一遇上就完全包容自己的人并不会存在。终于有一天，你发现其实你并不懂得如何去爱。

于是你逐渐明白，进不得、退不得的感情，终究还是要后退的。爱情拼的也是一种勇气，义无反顾地爱了，也许就在一起了。

另外那些瞻前顾后的感情，随着时间的流逝，浓的变淡了，深的变浅了。当你再感慨"错过"了的时候，你要明白，你其实只是当初差了一点"勇敢"。

爱情从来不是雪中送炭，爱情本是锦上添花。当你自己还不是一块锦的时候，你要原谅别人他会花开别处。

你要相信，世界上所有的相遇，都是刚刚好的。如果你不想习惯性地错过，那么就收起你的"习惯性的犹豫不前，习惯性的衡量，习惯性的比较"吧。你要明白，没有人是无缘无故地出现在你的生命中的，如果遇见了那个让你心动的人，请一定要珍惜。

爱情中，鲜少有"你爱我"同"我爱你"一样多的爱情；现实中，鲜少有"你匹配我"同"我匹配你"相当的情况，总有一方爱另一方多些，总有一方比另一方优越些，太过计较地寻找幸福，注定不会得到幸福。

多数的错失，是因为不坚持、不努力、不挽留，然后催眠自己说一切都是命运。

爱情不必将就，但不能不努力。因为相爱是两个人的事情，唯有努力去珍惜了，才有资格把爱情交给命运。

爱情的逻辑是"你爱我，我爱你，所以我们要在一起。"命运的逻辑是"我可以，你可以，所以我们能在一起。"

爱情问的是喜不喜欢，命运答的是可不可以。"我爱你，你爱我"有太多劳燕分飞；"我不爱你，你不爱我"也有不少白头偕老。

等你明白了这些，你就会发现，原来遇见一个人的心情是那么奇妙。好像全世界的雨都突然停在了半空中，好像所有的花在那一秒钟突然绽放，好像酷暑时节尝到的冰镇汽水的味道。

原来喜欢一个人的感觉是那么好。好像在这个世界之外又偷偷拥有了一处童话世界，美好到想向全世界打开，又害怕被任何一个人偷窥。

原来，遇见一个人就是一场奇迹，不管你是等待、踌躇、受伤，你都会遇见那个人。

而今，你也终于明白，在遇见他之前，你也许喜欢过别人，那个人却并没有喜欢你，又或是别人喜欢你，你却不喜欢那个人。那么为什么最后是你和现在这个人能在一起呢？

原来，之前的那些人都只是为了恭迎这个人的出场。你看，你和他的相遇，是命中注定的，是天意使然。

千万人之中，不早不晚，恰巧他也在这里。于是你爱上他，他恰好也爱上你，这就是爱的奇迹。

愿有情人终成眷属，也愿终成眷属的都是有情人。

对 一 个 人 好 的 时 候，
一 定 要 让 他 知 道

射手座是个感情糊涂虫，弄不懂自己的想法。

射手会把思念放在心里，是一个不很会哄爱人的人，
跟爱人赌气了，吵架了，他们往往不知道怎么去处理，
怎么去解决。其实射手也是一个很含蓄的人，特别是
对于感情这一方面，当他们想念一个人的时候，他们
往往不会说出来，也不会去刻意表现出来，当他们对
一个人好的时候，就只是默默地对这个人好。

一开始你是我的秘密，
我怕你知道，又怕你不知道，更怕你知道却装作不知道。

你是不是喜欢把感情埋起来，然后一心一意地替一个人着想却不求回报，就像电影里女二号那样，总是偷偷地恋着一个人，不计后果地付出？

你是不是喜欢默默地付出，帮助别人做了很多事却不声不响，就像电视剧里男二号那样，总是默默守护着一个人，心甘情愿地付出一切？

也许正是因为这样，所以女二号注定了是个女二号，男二号也注定了是个男二号。

你以为关系好，就是一门心思地对一个人好？你以为有感情，就是不声不响地为一个人付出？不是这样的。

如果你对自己的付出不抱一丝一毫的期待，那么你可能不会失望，可毕竟多数人不可能做到。这时候，你对一个人的好就夹着期待，你付出的越多，期待就会越大。

可是，主动久了谁都会觉得累，在乎久了谁都会崩溃。

你会觉得委屈，明明自己为他默默做了那么多，他怎么总是一副无关紧要的模样？为什么自己对他那么好，他竟然这样对自己？

最后，好朋友散了伙，最后分道扬镳；恋人们离了心，严重的还可能形同陌路。

你是为你的朋友、恋人做了很多，可是你却没有告诉他。既然选择了不告诉他，选择默默地付出，那你为什么还心生委屈，觉得是别人对不起你？

归根结底还是因为你是普通人，你有着自私的天性，你的付出需要回报，你对自己的付出抱有期待。于是，你在别人毫不知情的情况下，觉得是别人亏欠了你。

假如你喜欢一个人，那么你一定要想方设法让他知道这一点。你要记住，你的喜欢不是免费派送的口香糖。

你爱一个人，你也期待他同样爱你，假如他不知道你爱他这一点，他也会胆怯，也会和你保持陌生人、至多是朋友那么远的距离。所以，你需要想办法让他知道，至少不能让他有机会"装糊涂"。

让别人知道你的感情、知道你的付出，是要让他了解你在乎他，这不是手段，而是把事实摆出来给他看。

所以，对一个人好一定要告诉他。人都有劣根性，但也有着善良的本质，只要他知道你对他好，他也会对你好。

每个人都希望别人能懂自己，能知道自己在想什么，知道自己的忧愁，明白自己的心酸。但实际上，你生活在一个匆忙而孤独的世界里，每个人都是寂寞的半球，妄图在人群中找到一个知心人，不需言语便能知道你的一举一动意味着什么。

也许是你太渴望陪伴，所以太需要朋友，总是把自己毫无保留地付出，希望得到对方热烈的回应。太多人向往着"我不说，你也懂"的感情，太多人希望自己的默默付出能像书中写的那样，最后感天动地，但最后往往只是感动了自己。

没人有那么厉害的察言观色的本领，只需要一个眼神就能明白你所有的意思。这种默契需要流年的洗练、岁月的温热，往往需要几十年才能养成。可是，往往在你还没有培养出这种感觉之前，你就已经在沉默中感到了委屈，在无言中生出了抱怨。

所以说，喜欢一个人一定要告诉他，对一个人好一定要让他知道。你不说，别人永远都不会明白。

如果你一直在沉默中找不到依靠，寻不到停泊的港湾，那你就大声地喊出来，告诉那个人："咱俩做个伴儿，一起走吧"。

羞涩的表白换不来长情的陪伴，无声的付出也不是最长久的等待。不要在无语的流年里，与一个又一个的人擦肩而过。

下次再碰见想要真心对待的人，一定要伸手拉住他，全心地对他，把自己对他的好都告诉他，然后牵着手一起走下去。

人生那么短，不需要太多的错过与误解。

所以，亲爱的朋友，对别人好一定要让他知道，永远不要在别人之前，自己先辜负了自己的感情。

愿 有 人 待 你 如 初 ，
从 此 深 情 不 被 辜 负

射手座在没有表明心意之前，他总是在你眼前晃来晃去，一旦关系明确，他自由到有些散漫的因子又会活跃起来。

因为爱你，所以射手想当然地以为你也同样爱他，以为你会尊重他所有的兴趣爱好，所以他会习惯于只按照自己的想法去生活，甚至有些独来独往的意思。

射手高兴了拉你一起疯狂一番，不开心就撇下你，这不是不爱了，只是忘了爱需要两个人。

因为你，我愿意成为一个更好的人，
不想成为你的包袱，因此发奋努力，
只是为了想要证明我足以与你相配。

不管什么时候，都不要成为对方的负担。

爱一个人，是愿意把最好的东西都给他，而不是一味向他
索取；是想要为他排忧解难，而不是没完没了地只顾自己倾
诉；是只想让他看到最完美的一面，而无法忍受自己有一刻的
蓬头垢面。

当你努力成为一个更优秀的人，以此来与对方更为相衬，
才是对爱情最好的付出。

世上太多的分离，不是因为不爱了，而是因为累了。

感情中太过用力，就会变成损耗，就会让人腻、让人累，
甜言蜜语也好，吵架斗嘴也罢，一旦显得刻意了，就会累。那
些莫名的吃醋嫉妒，惴惴不安，偶然的看不顺眼心有不甘，都
是损伤神经的东西，多了，就会神经衰弱。

最好的爱情，莫过于两个人处在一个空间，你知道他在，

他知道你在，你们彼此专注着自己眼前的事，偶尔抬起头对上对方的眼神，悄然一笑，静谧安好。

不让你累的感情，就是两个人在一起的时候，有一种自然而然的舒适氛围，能够消解心里的那些戾气，恢复成最放松而且淡然的自己。没有强烈的惴惴不安，也没有莫名的看不顺眼，没有所有那些消耗神经的累的东西。

爱没有高低贵贱，但爱的表达方式却有合不合适之分。

不恰当的爱有时候会变成对方的一种负担，非但达不到自己预期的效果，反而会让两个人之间的关系越来越远。

每个人都有属于自己的内心宁静，请不要肆意打破。再深的爱也不应该成为自己肆意的借口，不计形式和深浅的付出，只会让爱在两个人之间消失殆尽。

如果真的爱一个人，请尊重他的选择。不是你所有给予的，别人都应该理所当然地接受，你无法让一头狮子吃草，你也无法让一只绵羊吃肉，我们每个人都有自己的底线和界限，别人触碰不得。

恋爱是一门情报学，了解对方是传递爱情的第一步。不要让你的爱成为别人的负担，扔不得，只能一生背负。

友情也是如此，真正的朋友是那些不会轻易影响你的人。尽管有着截然相反的价值观、背道而驰的处世哲学，但他们从来不会强行向你灌输什么，也懂得尽量少地对你造成任何心理负担。站在他们身旁，你永远不必担心会被他们的身影笼罩。

最合适的两个人，不是在一开始就一拍即合，而是愿意在未来漫长的岁月里，为了彼此而变成更好的两个人。

爱与不爱，其实没有任何理由，爱情一旦依附太多的理由，就会成为一种负担，成为一种痛苦。

世界没有那么好，也并不是那么糟，我们要做的，只不过是在环境允许的情况下，善意地对待所有人。在环境不允许的情况下，保护好自己真正在意的人。

你要记住，低级别的爱是你以自己喜欢的方式付出，而高级别的爱是你以他喜欢的方式付出。

你给他什么并不重要，重要的是他需要什么。你的爱应该让他感到轻松愉快，而不是成为他一生无法摆脱的负担。

和他能快乐相处，但不影响你的独处爱好；不是没他不行，但是有他更好。爱情如此，友情也如此。

多花点心思给爱你的人，在你爱的事上多花点精力。你现在经历的一切，都是为了遇见更好的自己。

不要强迫别人来爱自己，只能努力，让自己成为更好、更值得爱的人。其余的事，顺其自然。

愿有人待你如初，疼你入骨。愿你所有的努力都不白费，所想的都能如愿，所做的都能实现。愿你往后路途，深情不被辜负。

第三辑

想玩就不能玻璃心，爱闹就别怕受伤害

射手座就像那支在弦上的箭一样，总是主动出击。为人乐观，喜欢挑战。射手是十二星座中的冒险家，热爱旅行、喜欢刺激和冒险。

射手座不会控制情绪。毫不夸张地说，射手座情绪爆发时百公里加速仅需一点三秒，而且经常刷新这一纪录。

射手为人处世有苛刻的一面，不论对人对己都是如此，好像一块又硬又脆的刀片，看起来有杀伤力，其实很脆弱；完全不懂也不理人情世故，不会弯下腰做人。

青春是用来犯错的，
而成熟是用来改错的

在旁人看来，射手座就像是从小吃"正能量"药片长
大的孩子，心胸的容量不是一般的大，什么事都能装
得下，而且只要是遇到想做的事，就会充满了动力，
就好像全世界没有他搞不定的事。

在感情上，射手虽然也会受伤害，但他的恢复能力也
卓然超群。

对乐观的射手而言，失败没关系，犯错也没关系，青
春就是用来犯错的。

青春如酒，成长正酣。
所有美好的，都将被分享；
所有错误的，都将被原谅；
而所有不够成熟的，都可以慢慢等待。

年轻时候最大的财富，不是你的青春，不是你的美貌，也不是你充沛的精力，而是你有犯错误的机会。

如果你年轻时候都不能追随自己心里的那种强烈愿望，去为自己认为该干的事冒一次风险，哪怕犯一次错误的话，那你的青春是多么苍白！

青春就是明知道错了，也要任性到底。因为青春就是用来犯错的，然后经历成长来改错。

你本是个天真的孩子，别人不敢说的话，你说；别人不敢做的事情，你做；别人精明地寻求自保，而你总是为了别人拼尽全力……

到最后，你终于发现说真话容易犯错，于是你也不再说；你发现愤怒、轻视与得意时都会影响人际关系，于是你便省略掉表情；你发现手舞足蹈会影响形象，于是你便不再做任何夸张动作……

about,幸运

物品：紫色腰带
　　　黑色背包

珠宝：紫水晶　绿松石

花卉：法兰西菊　素心兰

颜色：紫罗兰色　紫色
　　　咖啡色　红色

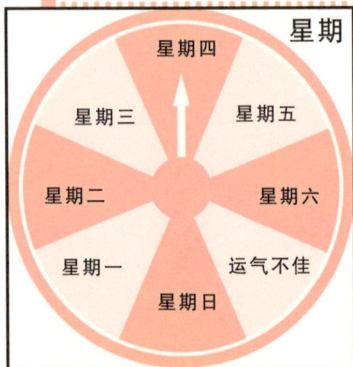

星期

星期四
星期三　星期五
星期二　星期六
星期一　运气不佳
星期日

场所：棒球场
　　　花店　礼物店

运动：赛马　高尔夫
　　　打猎

方位：西南偏南向
　　　东南偏东向

数字：8　9　15

你终于活得如同一部人类学行为规范，去掉了表情，隐藏了情绪，不带一丝人气，成了橡皮人。

亲爱的，不要逼自己什么事情都要做对，因为有时候犯错可以让你变得更好。

你要明白，不犯错误，那是天使的梦想；尽量少犯错误，这是做人的准则。

犯错很重要，因为有时候标准答案并不是那么重要。如果你不去犯错，不去体验，不去尝试的话。或许你永远也不会获得属于你的标准答案。

错路，这是一个很不讨喜的词儿，哪怕只是看着，我们都本能地想要别过头去绕道而行。

我们害怕走错，恐惧和焦虑如影随形。我们谨慎筛选每一条别人走过的"正确道路"，试图用社会的统一标准来要求自己，很努力地在这个标尺上寻找着自己的位置，却无论如何也迈不出自己的脚步。

可一旦当你学会直面自己身体里与生俱来的笨拙与孤独，你便能够彻底谅解过去的自己。大多数人都可以这样活着：虽不聪明，但诚恳；虽会犯错，但坦然。

不要怪别人让你犯错，那是因为你心里已经有了错误的种子，那个人不过是恰巧碰上了并且将之引发出来了而已。

简言之，他是错误的制片人，你是错误的主人公。所以，成熟点，学会对自己的错误负责。

你发现成长之路四通八达，你根本不知道该去往哪里。于是你便有了很多人都有的困惑。困惑里有迷茫，不知道什么才是正确的道路；有焦虑，不清楚何时才能从细小琐事中突围出来，又能否长远地走下去；有徘徊，不明白付出和得到的平衡在哪里。

可是，如果你因为害怕、胆怯、忧郁、焦虑而徘徊不前，那么你又有什么资格说命运不怀好意呢？

无论是谁从事什么样的工作，都是在改正错误中学会进步的，经历的错越多越能进步。这是因为能从中学到许多经验，即失败也是一种机会。

不曾犯错，怎会懂得。当将来的某天，你回首凝望时就会发现，那些诚惶诚恐的巨大错误，那些微不足道的小小坚持，那些不被人理解的偏冷爱好，总会在某些关键时刻帮你一把，然后在无声的岁月沉淀中，成就一个了不起的你。

所以，不要害怕犯错，也不要害怕去经历。没有人是完美的。是的，也许你这次是搞砸了，但这并不意味你丧失了所有机会。

你要记住，经得起失败，才守得住成功。在该犯错的年纪，不要选择了顺遂。

如果一辈子等于一天，此时年纪轻轻的你，顶多就是早上七点钟，是正要出门的时刻。不要以"我已经来不及了"为借口，我们都还年轻，还可以跌倒，还可以犯错，还可以反悔，还可以重新出发。未来还没到来，一切都还来得及，没有什么不能改变。

亲爱的，趁时光正好，趁锐气犹在，坚韧起来，我们终究还是要在每次走错之后，领悟错误教会我们的真理，勇敢地迈出接下来的每一步，直到对岸。

别 让 错 误 的 人 和 事，
浪 费 了 最 好 的 你

即便受到了委屈、不公或者伤害，射手也不会选择去伤害别人，"有仇报仇"不是射手的风格，但是他却常常因为别人的错误而惩罚自己。

射手的思维逻辑是："你伤害了我，是因为我看错了人，相信错了你，这样你才有了机会。所以，责任在我，我不怪你。我伤害自己，是让我自己记住教训，以后不要再遇见你这样的人，不是因为你有多重要而伤心过度。"

镜子很脏的时候，
你并不会误以为是自己的脸脏；
那为什么别人随口说出糟糕的话时，
你要觉得糟糕的是自己？

不管你有多么真诚，遇到怀疑你的人，你就是在说谎；不管你有多么单纯，遇到复杂的人，你就是有心计；不管你多么专业，遇到不懂的人，你就是空白。

所以，关键不是你不够好，而是你没有遇对人。

别太在乎别人的评价，懂你的、不用解释，不懂你的，不需要解释，做好自己。

那么在意别人的看法，是因为戳到你的痛处了吗？还是因为你太经不起打击？

你要明白，如果每一句流言蜚语都要去理会的话，你会很累。倒不如活得精彩些，别让任何人影响到你的情绪，无论他们怎么看你、怎么说你。

你要相信，爱你的人，会一如既往地相信你。

人这辈子，有人羡慕你，有人讨厌你，有人嫉妒你，有人看不起你，没关系，他们都是外人。

生活就是这样，你所做的一切不能让每个人都满意，不要为了讨好任何人而失去自己的本性，因为每个人都有原则，别人口中的你，不是真实的你。

不要在意别人在背后怎么看你说你，因为这些言语改变不了事实，却可能搅乱你的心。

除了空气，包围人们的还有别人的"眼光"，为了"争口气"，我们甚至把自己逼得无法呼吸。

其实，幸福是自己的，何必太在乎他人的眼光？

生命有无数种形式，活法不止一种。别人看着自然，自己活得别扭是一种；自己活得自然，别人看着别扭又是一种。

过自己喜欢的日子是最好的日子，活自己喜欢的活法是最好的活法。

没人会把我们变得越来越好，时间也只是陪衬。支撑我们变得越来越好的是我们自己不断提升的才华、修养、品行，以及不断的反思和修正。

一个人的内心要承载多少毁灭，才会遇到另一颗复活它的心。所以你不必把自己的成长放在依赖里，等着别人和命运的安排；你也不必把自己的言行变成别人喜欢的模样。你只需要，在喜欢你的人那里去热爱生活，在不喜欢你的人那里去看清世界。

遇到了错的人，或者被人欺骗了感情，但是又碍于之前的付出，觉得马上放弃实在是太不甘心了，于是拉拉扯扯又耽误了一些年华。

实在是不该如此。人生对错误的清零行动越早越好，千万别将自己害得回不了头，错失了清零的机会，把生活过成了负值。

如果那个人是不对的人，那就不要把自己最好的关心、期待、向往都浪费在他身上了。

如果一件事不是你喜欢做的，那就不要把自己的精力、热情、汗水都浪费在它上面了。

关于生活的经验只有通过你自己的实践之后，才能转化成你的智慧。所以，要去尝试并积累经验，而不是依赖别人的意见。这种亲身的体验，可以让你更加理智的思考，然后朝着正确的方向，更加成熟稳重地前进。但如果某一件事只是在消耗你，那么趁早离开，就是对自己的善待。

　　人生最大的自由就是做自己喜欢做的事情，就是可以不用在乎别人对自己的评价。因为一旦你被不喜欢的人和事所牵制，一旦你被别人的看法所左右时，你就会沦为别人的奴隶。只有当你不再等待别人的认可时，你才能真正主宰自己的命运。

　　当你确定了自己的原则之后，就不要一再地退让，去学会说不，学会去做自己。

　　慢慢地，你会发现时间是种很好很好的存在，它让痛的不再痛了，让放不下的放下了。

　　时间还是一位伟大的治愈师。再多的伤口，都会消失在皮肤上，溶解进心脏里，成为心室壁上最美好的花纹。

　　愿你被这个世界温柔相待。

有时候心是金刚钻，有时候心是玻璃碴，
但更多的时候，是没心。

与其他 11 星座的关系

最欣赏的星座——白羊

最信任的星座——双鱼

最佳工作搭档星座——摩羯

最容易被影响星座——处女

最易掌握的星座——摩羯、双鱼、巨蟹、天秤

最需注意的星座——水瓶、金牛、处女、天蝎

100%协调星座——白羊、狮子

90%协调星座——水瓶、天秤

80%协调星座——射手

同类型星座——双鱼、双子、处女

对宫星座——双子

注：对宫星座是指 180 度对面的那个星座，而非指对立、对抗的星座，更不是相克的星座；相反，是潜在有共通性、一致性的星座，或者说是最需要对方能量补济的星座。

如果射手被人喜欢了——
射手被人喜欢的第一个反应是躲。当然不管他喜欢的还是不喜欢的，他都想躲，不一定会真的躲，但是心里一定会有这个想法的。因为他要考虑这会不会影响到他的自由和空间。

乐天派的射手

·能够快速从怨气幽幽，切换到元气满满的状态。

·无论喜怒哀乐、人情冷暖，
总是抱着"总会过去"的心态。

·难过的事情顶多就难过一个晚上，
一个搞笑的笑话却能笑一个月。

·玩得开，想得开，什么人生理想、伟大抱负都挡不住他
及时行乐的人生态度！

·看起来好像是没心没肺，其实真的是没心没肺。

既然豆腐心，
何必刀子嘴

射手的潇洒是把双刃剑。乐观属性使他们能不犯怵地和别人交往，就算头次见面，也能让人不尴尬。可一旦你让他不高兴了，或者触碰了他的底线，他也绝不惯着你，会有什么说什么。

射手座性格倔强，认定一件事很难改变，是完美主义和实用主义的结合体。

射手座说话尖酸刻薄，但往往一针见血。同时还是出了名的"口是心非"症患者。

成长就是渐渐温柔，克制，朴素，
不怨不怒，在安静中渐渐体会生命的盛大。

　　当一个人用恶毒的语言去伤害别人的时候，他吐出的利箭可能比毒蛇的信子更令人害怕。即使他觉得"自己说的是真理"，或者"对方需要棒喝"，这也只是一厢情愿而已。

　　没人能给予我们某事绝对"正确"或是"错误"的评判，生活中的事复杂多变，每个人都不免带伤前行，谁能说自己有评判别人的资格？

　　我们会被语言伤害，因为我们每个人都渴望与他人交流，渴望得到他人的肯定和回应，渴望被安慰爱抚，结果却遭到了拒绝。

　　请你记住：如果你爱一个人十分，而你只能表达出一分，不如你爱一个人一分，却能表达出十分。

　　你也要明白，刻薄和幽默是两回事，口无遮拦和坦率是两回事，没有教养和随性是两回事，轻重不分和耿直是两回事。

　　能善良的时候，不要刻薄；能温柔的时候，请别尖锐。

当你的朋友在情绪低落、伤心愤怒的时候，请别急着跟他说那些真话和人生道理。那个时候，他只是希望有人能够跟他说："没事的，一切都会好起来的。"

如果你仗着自己和他关系好，而说一些尖酸刻薄的话，那么你给他的不是温暖的拥抱，而是一记站在所谓的道德层面上的响亮耳光；不是劝慰，而是往他毫无防备的胸口插上了一把尖刀。

有人说，连这点真话都听不得的朋友也许并不是真朋友，不要也罢。

可是你要知道，他陪你一起分享快乐，分享小秘密，他跟你一起嬉笑，一起玩耍，他信任你、爱护你，最后需要你的温暖的时候，却要被硬逼着接收你冷血审视的眼光？

什么时候开始，你对待陌生人彬彬有礼，却对亲密的人口无遮拦了呢？"因为是好朋友，我才要说真话"这句话真的要作为你安抚好朋友情绪和感情的借口吗？

其实，不尖锐的人有个显著的特点，那就是说话让别人舒服，这样的人也有感性、矫情、敏感、玻璃心的时候，而正是这些"缺点"导致他们的心思特别细腻，情感体验能力很强，这也使得他们更有能力做到换位思考、以旁观者的角度来审视自己的言行。

再就是，他们在对别人说话前，都很理智冷静，并不急着表达，而是"想好了再说"。

不要以"心直口快"自豪，也别拿"没心没肺"当性格，这些实在算不上什么优点。

不要再打着爱的名义，肆意伤害你亲近的人。不要再用冰冷的道理去刺痛朋友的感情。

不管你和他关系多好，每个人心中都有不愿被别人涉足的角落，尊重他就是尊重你们的感情。

朋友就是朋友，不要以为那是你的宠物或者你是人家的父母。太刻薄的语言只会伤了和气，没几个人会当那是忠言逆耳。

若是以互损为乐，一时会觉得亲密无间，久而久之，那些刻薄的言语必是捅人的刀子，无形间将你们间的感情一刀刀抹去。

如果你是对的，就要试着温和地、技巧地让对方同意你；如果你错了，就要迅速而热诚地承认错误。这要比为自己争辩有效和有趣得多。

好胜，有时候很蠢。温柔的人总是最后赢家；咄咄逼人的你赢得越多，最后就会输得越惨。

只有弱者才会逞强，只有强者才懂得示弱。刻薄是因为底子薄，尖酸是因为心里酸。

上天给人类最大的恩赐，是善意，是鼓励，是爱。正是善意、鼓励和爱，使人们有了信任、友爱和团结的可能。

希望你最后能成为这种人：不管经历过多少不平，有过多少伤痛，都能够舒展着眉头过日子，内心丰盛安宁，性格澄澈豁达；偶尔矫情却不矫揉造作，毒舌却不尖酸刻薄，不怨天尤人，不苦大仇深；对每个人真诚，对每件事热忱，相信这世上的一切都会慢慢好起来。

善变的射手

友谊的小船说翻就翻，新买的衣服说坏就坏，
爱情的巨轮说开就开，喜欢你的心说变就变，
刚破开的整钱说没就没，走向你的射手说跑就跑。

和射手分手是什么体验？

手里的风筝，终于飘走了。

甩掉了跟屁虫，再也不会有个人，
什么都爱跟着凑热闹了。

和恋爱时没什么区别，
只不过从两个人变成了一个人。

从此缺了一道零食——开心果。

你说天文，射手能对地理；
你说中外，他能对出古今。
凡是能聊的，没有射手不会的。

可 以 什 么 都 听 ，
但 不 能 什 么 都 信

心大的射手座容易相信别人，容易被骗。

射手座一旦把别人当朋友，就没有防备心了，一下子
什么都跟别人说了，毫无保留。这一点很不好，如果
遇到奸险的人就会被利用。

射手座一旦陷入爱情，理性思维就失灵了，倾情付出，
也不管周围的环境，也不管对方是否是真的爱。

他曾给过你闭上眼睛、捂起耳朵的信任，
就算全世界都说你有错，只要你否认，他就相信。
但是，你却负了他。

你也曾当过笨蛋，你也曾试着当瞎子、当聋子地去信任一个人，你也知道世界上最可悲的就是自我欺骗。但是，人笨过、傻过、瞎过就够了，你更要懂得爱自己，而不是一直重蹈覆辙，还自以为自己多痴情、多坚强。

当你盲目地信任某人时，你会得到两个结果：一生得此人心，或者一辈子的教训。

如果有人向你承诺，要相信开口的那一刹那他是真实的，不要怀疑；如果有人背弃承诺，要相信他之前并不知道自己是做不到的，不要苛求。

如果有人欺骗你，要相信他也许只是想保护自己，不要说破；如果有人欺骗自己，要相信他只是还无法承受真相，给他点时间。

信任，就是哪一天别人拿着枪指着你，最后枪响了，你也相信那是枪走火了。

来来往往的皆是过客，相伴同行的才是真朋友。一生中的朋友有很多，而真正的朋友却没有几个。懂你的无须多言，不懂你的说再多都是白费。真正的朋友会有一份笃定不移的信任。

信任就如同一个一岁小孩的感觉，当你将他扔向天空的时候，他会笑，因为他知道你会接住他，这就是信任。

信任就像一张纸，有了褶皱后，不管你怎样努力去抚平，都恢复不到原样了。永远不要试图去欺骗别人，因为你能骗到的，都是相信你的人。

无论是友情还是爱情，都是易碎品，一旦出现过裂缝，便很难恢复原貌。

于是你渐渐明白，不是每句"对不起"都可以换来"没关系"，不是每次犯错都能有被原谅的余地。既然犯错，就做好永远不会被原谅的准备。这世上除了美食和爱不能辜负，不能辜负的还有信任。

信任是一种有生命的感觉，信任也是一种高尚的情感，信任更是一种连接人与人之间的纽带。你有义务去信任另一个人，除非你能证实那个人不值得你信任；你也有权受到另一个人的信任，除非你已被证实不值得那个人信任。

原来，什么都信的人是可怕的，而什么都不信的人是无可救药的。

当你什么时候开始不再盲目跟风，不再盲目相信或者盲目不相信，那就证明你长大了；当你什么时候不再不顾一切地强求，不再害怕相信一个人，那就说明你成熟了。

人生是一个和自己较劲的历程，其中最重要的一课是你必须慢慢知道，什么是咬着牙也不能放手的，什么是放开手就等于放了自己的。

和自己说好，要活得真实，不管别人怎么看，就算全世界否定，也要相信自己。

跟自己说好，要过得快乐，无须去想是否有人在乎，一个人也可以很精彩。

跟自己说好，悲伤时可以哭得很狼狈，眼泪流干后，要抬起头笑得很漂亮。

跟自己说好，爱所有人，信任少数人，不负任何人。

射手的内心独白

你要离开我？
好啊，你走吧，你快走，反正我不亏，吃亏的只能是你，
你不珍惜，那就把这个机会让给别人。

你不用管我爱不爱你，
但只要你不爱了，
我就可以立马放手。

你的世界是我的世界，
我的世界还是我的世界。

你不能约束我，也不能忽视我。
若你的爱必须束缚我，请你不要爱我。

射手：嘿，我有个问题请教你。
你：好啊，你说。
射手想了一下，问："我刚才想问你什么来着？"
你：……

你说的或许有道理，但是关我什么事？

撞到南墙我会自己擦药，
被骗了我会自己反省，
我的人生由我选择，哪轮得到你来指手画脚？

想玩就不能玻璃心，
爱闹就别怕受伤害

射手之所以没心没肺，是因为他天生自带超自然的自愈系统，所以通常是难过还没开始呢，他就忘了自己因为什么难过了。

尽管射手有着如此羡煞旁人的自愈本能，但架不住他喜欢胡思乱想。

射手就是那种"别人休想伤我一毫，但自己能把自己折磨死的傻子"。

你害怕发生的事情，其实根本不用担心，
因为它一定会如期而至，也一定会如期离去。

你是不是有时候在别人身上能看到自己的影子：有点墨守成规，有点偏激地固执己见；按照自己界定的规则生活，执拗地认为自己的观念才是人生的不二法则，还看不惯其他不按照此法则生活的人。

所以很长一段时间内，你觉得那些打扮得光鲜亮丽的人没内涵，你觉得那些能说会道的人虚伪。

你一边讨厌那样的人，却又在羡慕别人的光芒四射，羡慕别人的朋友众多。

是的，你是不想跟别人一样，你是在按照自己认定的路子去走，凡是不符合你价值观的做法和思想，就都变成了你鄙视和不屑一顾的。

于是，你开始嘲笑那些试图让你改变说话方式的"俗人"，你暗自腹诽那些不爱学习却爱打扮的"不上进者"，你鄙视那些说话好听的"马屁精"，你与一个爱出风头的朋友割席断交……

你一直以为自己是对的。直到慢慢长大才发现，那些原来固守的东西，未必有想象的那么正确，那些一直讨厌回避的东西，并不如想象的那么不堪。

于是，当你稍微修改了一下自己的说话方式之后，你会发现对自己微笑的人多了；当你精致打扮一下自己之后，你会发现自己也变得神采奕奕；当你尝试和领导、朋友好好聊天的时候，你会发现突然之间就获得了更多的信任和理解；当你也试图替朋友稍出风头之后，你会发现自己有越来越多的追随者。

你看，你确实会变成自己讨厌的人。不过，现在的你却并不讨厌现在的自己。

没错，你是变成了你自己口中的"油嘴滑舌"的人，可是更多时候，你会为自己感到欣慰，因为你变得更包容。你开始学着去尝试，学着清除自己给自己设定的条条框框，接触不喜欢的人，做一些不喜欢的事。在尝试新事物的过程中，你逐渐变得更加强大了。

人生的大多数时候，都像怕被妖怪伤害的唐僧，固守在一个圆圈内，图一个安全舒适的空间，站在心理的舒适区内。

如果看到别人做错了，就笑道，"你看吧，我就知道这样不行"；看到别人做对了，就酸溜溜地说，"哎哟嘿，还真的做成了"。

你应该再大胆一点，因为不论是输是赢，我们就只有这一生。诚如尼采所说："对待生命，你不妨大胆一点，因为我们始终要失去它。"

你要明白，因为大胆而遇见的新事物也许是坏的，也许是好的，可是总有百分之五十好的可能性。

如果没有第一个吃螃蟹的人，可能我们到现在都失去了品尝美味的机会；如果没有第一个发明电灯的人，现在我们的城市怎么会灯火通明、五光十色？

其实，一个人选择谨小慎微的活法原因很多，归结起来无非是：害怕现有的生活被打乱，害怕新的生活不如现在好。

悲观主义的世界总是如此，因为总是会看到新事物那不好的百分之五十，却忘了还有好的百分之五十。

所以，为什么要画地为牢呢？为什么不能再大胆一点呢？世界也许并非你想象的那么坏。

人不该怕老去，该怕的是老去之前都没好好活过；人也不该怕失恋，怕的是以为曾爱过，其实不过是爱错了人。

我们总是这样，越担心什么，就越会错过什么。反倒是，那些义无反顾的人，不多思量却过得很愉快，不是吗？

心情不好时，要经常问自己，你有什么而不是没有什么。如果你觉得不爽，你就抬眼望窗外，世界很大，风景很美，机会很多，人生很短，不要蜷缩在一小块阴影里。

如果你的生活已处于低谷，那就大胆走，因为你怎样走都是在向上。

也许做人真的不是越聪明越好，辛苦往往来自于纠结。下一秒会发生什么，谁也说不准。凡事别让自己有遗憾就好。

要想和我玩到一块儿去，如果我是泰迪，
你就必须是哈士奇。
还得是那种最笨的哈士奇。不然就绝交吧。

如何愉快地与射手座玩耍?

给他全部的自由!

和他一起异想天开，别让他无聊。

别没事吃醋，别动不动就查岗。

理解一下他的小孩子脾气。

试着帮他分担，开心和不开心的。

既 要 玩 得 了 心 眼，
也 要 坦 坦 荡 荡

射手座是有些纠结的完美主义者和极端主义者，要么破碎，要么完美，不要中间。

射手座只挑自己爱做的事做，要么不做，要做就做到最好。射手座也"懒"，不想活得那么累，能简单尽量简单，不爱解释，始终认为懂自己的不用解释，不懂自己的不必解释，不想管那么多不相干的事。他厌恶搞暧昧的人，尤其讨厌喜欢装的人。

人来到这个世界，
是为了与非常喜欢的人做喜欢的事。

越长大，越知道做事不容易，越知道每个人都有难处，也就越不敢随随便便地瞧不起谁，以免不小心伤害了谁。这当然不是粉饰，更不是虚伪，而是懂得了体谅和温柔，温柔地和这个世界相处。

在这个世界上，除了你的父母可以没有条件地容忍你之外，在所有的人际交往当中，每个人都要学会克制自己，自己拿更好的一面去和别人交往。这个和虚伪没有关系，我们都要在和别人的关系当中，尽可能地考虑别人的感受。

心眼没别人多，但不缺；智商没别人高，但是也不傻。很多事你都能看明白，只是不想说破而已。因为你知道，人太聪明了会很累，有时候糊涂一些更快乐。

你不喜欢算计他人，也不喜欢被算计，更不喜欢假惺惺，你喜欢真实地和朋友在一起，不挖苦，不讽刺，不玩心计，彼此真诚地对待。

射手宝宝

大字报

天生自来熟，一秒钟就能和你称兄道弟，
只要你有玩的。

金鱼的记忆有七秒钟，射手只有三秒！

爱玩但有度，真实不做作，有什么说什么。

风一样的行为，谜一样的思维。

脑洞很大，兴趣很多，
容易一见钟情，也容易掉头就跑。

爱自由，也懂得给别人自由，
前提是他有足够的信任。

平常就是眼里看着 A，
嘴里说着 B，心里想着 C，最后定的 D。

你就是这样的人，既玩得了心眼，但一般不玩，也能坦坦荡荡，活得潇潇洒洒。

你要学会经营自己的生活，不是天天混日子，也不是天天熬日子，而是天天享受日子。

心境简单了，就有心思经营生活；生活简单了，就有时间享受人生。活得简单不难，只需懂得为自己而活，为美好而生，为幸福而做。

你可以不浪漫，但是要温情；你可以不豪爽，但是要大气；你可以不细腻，但是要雅致。

当有一天，你能够善待不太喜欢的人，这并不代表你虚伪，而意味着你内心成熟到可以容纳这些不喜欢。

任何感情问题都不要冷处理，无论是和家人还是恋人。你有疑惑的时候就要去询问，你有错误的时候就要去承认，你想他就要告诉他。

很多事情忍着忍着就变得模糊了，明明不是误会也变成了误会。别以为那些问题会在忍耐的时间中被化解，它只会在日积月累中爆发，给你一个承受不了的结果。

你应该再潇洒一点，如果努力不能换来相爱、相守，不能换来原谅，那么就选择大胆地放手。

对于一种关系，一份感情，你可能会出于盲目自信，或过于相信精诚所至、金石为开，结果是虽然不断努力，却遭到不断的挫折。

你要记住，一件事、某个人，有的靠缘分，有的则需要你能以看山看水的心情来欣赏，不是自己的就不强求，无法得到的就放弃。

因为不想再被人看穿，于是你学会了掩藏；因为不想再被人刺伤，所以你学会了伪装。既然你的关心对别人而言只是可有可无的讨好，那为何要为别人的无怨无悔而把自己的青春陪葬？

生活教会你们的就是没有人可以宠你一辈子，要想走得精彩坦荡，唯有独立坚强。其实日子过得好，真的不是有多少人疼你，而是无忧无虑地生活。

一件事，想通了是天堂，想不通就是地狱。既然活着，就要活好。

有些时候由于太小心眼，你太在意身边的琐事而因小失大，得不偿失。有些事是否能引来麻烦和烦恼，完全取决于你如何看待和处理。

别总拿什么都当回事，别去钻牛角尖，别太要面子，别小心眼。不在意，就是一种豁达、一种洒脱。

你要明白，你来到这个世上，不是为了给自己省麻烦而活，而是为了成为一个真实的，有血有肉有灵魂的人而活。而人最大的虚伪，莫过于说的跟想的不一样，做的跟说的又不一样。

只有当一个人强大到一定地步，才会有此随心所欲讲真话的底气。

愿你成为一个坦荡、简单而且开心的人，与时光同行，无须太多理由，只要一路向暖，足矣。

不要随便发脾气，
谁都不欠你的

由于射手的思维太过跳跃，脑袋里充满着许多没有逻辑与现实基础的想法，所以许多方案往往只能成为空中楼阁，无法落实。

射手"不食人间烟火"的气质经常会让身边的人颇感无奈，有时候也显得非常不礼貌。对自己讨厌的人，射手连偷偷瞄上一眼都懒得。射手偶尔还喜欢发脾气，这样就会让身边的许多人经常感到尴尬。

射手只需稍微控制一下火爆脾气，人缘就会好很多。

要么有美貌，要么有智慧，
如果两者你都不占绝对优势，
麻烦你人好点。

如果一个人因为你的一点好就原谅你所有的不好，请你一定要好好珍惜，因为大多数人只会因为你的一点不好，而忘记你所有的好。

有些人不是真的脾气好，只是有爱，自愿脾气好；有些人任性，不是真的任性，她只是在有人爱时才这样撒娇。

如果你是对的，你没必要发脾气；如果你是错的，你没资格发脾气。

不要因为冲动而说些过激的话，没有人愿意拿热情换冷漠、用体贴换伤害。

大多数情况下，脾气坏的人都是被人给宠出来的，毕竟不管怎样无理取闹、刁蛮任性，背后都会有一个坚强的后盾支撑着。

而部分脾气好的人，通常都缺爱，因为知道自己孤身一人无依无靠没人宠，所以也就只好老实地收敛起自己所有尖锐的棱角，乖乖做个好脾气的人。

没有人是傻瓜。只是有的人会选择装傻来感受那一点点叫作幸福的东西。

不要对爱你的人太过刻薄，一辈子真正对你好的人没有几个，多少人在一切都将失去时才幡然醒悟：别人给的爱和关怀虽然充盈，但也不能过度消耗。

每个人都有脾气，为你忍下所有的怒气的人，仅仅因为他更心疼你。

真是不知道从什么时候开始，对着身边最亲密的人发脾气居然会变成理所当然的一件事了，还美其名曰"因为是你，我才这样的，别人我还不对他发脾气呢"。

脾气不好的人不要总是高呼"我就是这样的人""我这叫真性情"……

你要明白，"脾气差"跟"真性情"完全是两个概念。做错事了就应该为自己的错误埋单，而不是理直气壮地要求别人包容你。

脾气看起来很大的人往往气消得很快，总说要走的人通常不会离开。而事实上，真正脾气大的人往往平时看起来不动声色，真正要走的人总是一言不发保持沉默。

如果有人把自己看得很低，但并不代表你就可以把他看得很低。他看自己和你看他是两回事。

他有无尽的底线，有超级好的脾气，可以忍受一些不满，只因他一直把你当作重要的人，所以请不要浪费这种信任。

不论是友情，还是爱情，在一起久了的两个人的性格会逐渐互补，在乎这段关系多的那个脾气会变得越来越好，越来越迁就；而在乎这段关系少的那个性格则变得越来越不可理喻。

如果这段关系仍然能继续，多数是因为其中一方在努力迎合。总有一个人会改变自己，放下底线来迎合纵容你。你要明白，他不是天生好脾气，只是特别怕失去你，才宁愿迁就你。

谁都有脾气，但要学会收敛，在沉默中观察，在冷静中思考，别让冲动的魔鬼，酿成无可挽回的错；谁都有梦想，但要立足现实，在拼搏中靠近，在忍耐中坚持，别把它挂在嘴边，常立志者无志。

　　发脾气，只是表示你的智慧不足以解决你所面临的问题。

　　发脾气是本能，控制脾气是本领。你要相信，生活从来不会刻意亏欠谁，它给了你一块阴影，必会在不远地方撒下阳光。

　　亲爱的，那个积极乐观、平易近人的人才是你，只是近来失踪了。其实，美好的自己是被坏脾气的另一个自己逼走了。

　　你其实很清楚自己的本来样子，那个喜悦快乐的自己才是正常的自己。向自己说声抱歉吧，是因为被某些人、某些事的负能量影响了，才变得暴躁疯狂起来的。这个你不是正常的你。

　　愿你以后能掌管好自己的脾气，别再被反常的你吞噬正常的你，也别让坏脾气伤害了自己和最在乎自己的人。

第四辑

被人暖一下就发热，
被人冷一下就结冰

射手座有着显著的孩子气，性格太多元化，他可以幽默，可以冷漠；可以柔弱，可以坚强；可以成熟，可以天真；可以精明，可以傻气。说话往往口是心非，你们永远猜不透射手在想什么，就像你永远不知道一个小孩在想什么一样。

射手座非常爱玩，精力充沛，跟不上他步伐的人很难和他玩到一起去；脾气火爆，但基本属于脾气来得快，去得也快的类型，不难哄，只是也不喜欢主动拉下面子哄人，所以宁愿跟人冷战。

最好的关系，
是连沉默都舒服

常常听到别人说射手很花心，其实射手骨子里是一个
对感情极其认真的人，他们可以爱一个人很久很久，
即便是身边常常围绕着许多异性朋友。

当然最重要的是和射手座在一起很舒服，因为他不会
强迫你去做不情愿做的事情，他常常把"顺其自然"
当作人生信条。

当你终于沉默，
成熟才刚刚开始。

　　你常常想把自己的生活变得再矜持一些，尽管你知道矜持
不是你这个年纪的特征，分享和表达才是；你常常想把成长的
环境变得再安静一些，尽管你知道安静不是你这个岁数的人该
有的性格，热情和喜悦才是。

　　可也许就是大家都过分在乎这个年纪的特征和性格，所
以都异常恐惧孤独与沉默。其实，最好的关系，是在沉默时
也舒服。

　　当你能够拿出一份勇气来静心读书、学习，与那些不相关
的人和事撇清关系，这都算是为自己做减法，可以很久不看朋
友圈，可以减少出门次数，去掉不必要的信息摄入和交际。

　　然后你会发现，生活并没有因此而少了半分美好。反倒
是，时间和距离如筛子，留下来的都是发自内心的惦念。

　　这样久了，你就会慢慢忘记最初遇到的困惑，渐渐地变成

自己生活的旁观者，看着生活平静地流淌。

都说人是慢慢成长的，其实不是，人是瞬间长大的，就像是突然间沉淀一般，突然不会谈恋爱了或者不想谈恋爱了，一个人生活单一，却也不会觉得无聊，即便还是会迷茫，却也不会觉得烦躁了。

不知什么时候起，给人评论、回应成了一种知书达礼的美德，但又有谁是靠点赞换来信任和好感的呢？

你总要强迫自己硬着头皮去响应不相干的人，起不必要的哄。很多社交都是值得避免的，既不要顾影自怜，陷入怨天尤人的境地，也不要跟不堪的人和事周旋。平庸的交流表面无害，其实也是对心力的磨损，都会变成一段关系的负担。

海明威曾说，"每个人都不是一座孤岛，一个人必须是这世界上最坚固的岛屿，然后才能成为大陆的一部分。"

人与人就像岛屿对岛屿，既要相望，也要相守。

人与人之间，一切好的关系都是相互吸引，自然而来。太阳终古常新，人的情感多变。情感是个双向选择题，并非由你的意愿决定，你最多是个必要而不充分的条件。

距离绝非坏事。打开一个人的内心是件风险很高的事，不亚于一场肿瘤切割手术，一刀切开腹腔，是晚癌，是良瘤，充满了不确定性。

有一点距离是对彼此的尊重，哪怕一坛老酒，也不要着急打开，即便打开也不要一饮而尽。君子之交淡如水，强求的亲密总是引来爱恨纠缠。亲疏随缘，不必强求。

感情也是如此，不需要绑架。最好的关系应该是："我与你的相遇，既充满爱，又尊重孤独。"

人与人之间不需要轰轰烈烈，不需要太多的戏剧性。关系更不是段子，不用每天示众，再会编的段子手也不能处理好赤裸裸的人生。

就算你人缘再好，能在你困难的时候帮助你的只有那么寥寥数人，狂欢不过是一群人的孤单。真正重要的人，是能够伴你度过寂寞、孤独以及坎坷的那个人。

当所有人都离弃你的时候，只有他在默默

陪伴着你；当所有人都在赞赏你的时候，只有他劝你保持好心态。所以，不要因为一个人的沉默和不解风情而郁闷，因为时间会告诉你——越是平凡的陪伴就越长久。

沉默是成长的标志，而成熟的标志，就是如何去沉默。你不能说我们生如夏花，活得完美而睿智，死如秋叶亦离我们非常遥远，当下最真实的，不过是一种宽宏和原谅，对自身、他人以及这个失望和希望并存的世界。

对人对己，不必执着，你和他的关系，就是此刻最好的存在。你会发现，最好的关系，是连沉默都舒服。愿你活得长久而自由。

不 必 等 谁 来 陪，
所 有 的 不 期 而 遇 都 在 路 上

射手座和巨蟹座一样恋家，盛产宅男宅女。在熟悉的
环境中常常是大大咧咧、没心没肺。温柔是射手的表
面，腹黑才是射手的内心。

射手有一点点自恋，又有点自卑，是矛盾的结合体。
他向往真爱，但是自己偏偏还不信这一份爱是真心的，
所以他一边追求，一边等待。

射手怕孤独，渴望陪伴，爱幻想，但是也很现实，是
典型的"间歇性精神病"患者。

你看外面的世界永远灯火辉煌，
又何必急着遇见什么"对的人"。
试着和自己好好相处吧，
只要一直在路上行走，
孤独的日子并非没有意义。

　　你是不是在等那个"对的人"，等他来救你，逃离这孤独境地？那么你可知道，到底什么才是对的人呢？

　　你是不是以为，有了这个对的人，你的生活就会好过一点，轻松一点？是不是以为，生活中有了他，就不会再有烦恼和忧愁？好像"找到对的人"这件事，可以一劳永逸地解决你所有的问题，甚至是这漫长的一生。

　　其实不是的，就像这个世界不存在永动机一样，"对的人"更像是童话故事。

　　你总是希望做任何事都有人陪，这样才会让你觉得有安全感。可当你踏上一个人的旅途时，其实你也可以一个人逛路边的小店，一个人看场电影，一个人吃掉一整盒冰淇淋，一个人坐在图书馆里看完一本书，一个人撒欢儿走在回家的路上。

　　于是你慢慢明白，再美好的表面，凑近了看，也能找到零星瑕疵；再孤独的旅程，也有快乐的时光。更何况，还有那么漫长的一生值得期待，还有那么多尚未可知的事情等待发生。

有人说，幸福的人总是相似的，不幸福的人却各有各的不同。其实，那些相似幸福的共同点，有一样应该是无比重要的，那就是"对的"自己。

只要自己优秀，那么遇上的人也不会太差。再不济也能在你糟糕的时候，带你穿过无序的生活，从一片狼藉中脱身而出。

所以，你要对自己好点，让自己变成对的人。这时候，孤独没有那么可怕，寂寞也不再难熬。

这样的你，无论站在谁的身边，都有能够随时离开的底气。并非真的要选择离开，而是因为有了这一份不用依靠任何人的底气，就会让感情均衡一点、自由一点，也长久一点。

世界上最可怕的事情不是孤独终老，而是陪你老的那个人让你孤独。

孤独并不值得赞美，只是若爱不能如你所愿，独自一人，也没有那么难过。

一味地等待和依赖，只会换来漫漫无期的不平等，卑微索取的滋味肯定不好受。可是，当你能够有底气地站在某个人面前，那么你得到的，不是施舍，而是馈赠。

不停索取只能招致厌倦，一个眼神、一个语调就能让你跌落悬崖。

你要明白，比别人给的优渥的生活和感情更重要的，是发自心底的尊重。

这漫长的一生你才刚刚开始，如果你有幸遇见了那个对的人，那就请你好好珍惜。可如果你没有太好的运气，那就不如做好自己，在孤独中享受孤独，在寂寞里咀嚼出成长的养分，把自己变得更好一点。

这时候，你就不会对无聊琐碎的事情浪费精力，对外面世界的灯火辉煌也不会过多地奢望和期许。

有一天，你不再寻找爱情，只是去爱；你不再渴望成功，只是去做；你不再追求成长，只是去修。那么，一切才真正开始！

灵魂走在回家的路上，这种美妙殊胜的感觉远远超越你想要的爱情、成功、成长。

幸福生活是每个人的追求，然而怎么才能算得上是幸福，也许就没人能给得出答案了。

有时候我们以为的幸福并不是真正自己想要的幸福，而是盲目地听从了别人的意见。无论恋爱还是单身，大概都是幸福人生中的一个环节。

无论在这个环节里你选择了其中的哪一个，只要你有足够的信心跟勇气，一样可以解锁接下来的惊喜跟欢乐。

人生是一场盛大的遇见，在通往未来的路上，每个人都是孤独的旅行者。

时间会把正确的人、美好的事物带到你的身边，相信有一个人正走在与你相遇的路上，相信有一件美好的事情即将发生。

在此之前，请你好好照顾自己，让自己变得更加优秀。

放 得 下 就 不 孤 独，
站 得 远 就 看 得 清 楚

射手座害怕孤独，却从来不曾真的去依赖谁，因为已习惯独立和孤独。他有小孩的任性和固执，即使是错，下次还是固执。

射手座喜欢凭感觉认定所有的人和事，害怕失败，但表现出来永远是强悍的一面。但只有熟悉的人知道，他只是看似坚强，内心却很易受伤。

像射手这样善忘、心大也挺好的，因为对世界永远都有美好的向往，永远积极向上。但你得明白，射手不是真的心大，因为心大背后的意义是要有更强大的内心去支持和承担这一切。

有时候，许多事情不是放不下，而是你不忍心放手。

生命像一条绵延的河，而你是一艘船，有时缓慢、有时疾速地前进，有时你原地打转，有时被急流冲到没有星月照耀的黑暗里。

不管前进的方式如何，曾经上船又下船的人，他们与你共处的记忆，以及沿途的风景，无论你是否记得，那些过去都成为行李，你载着它们，继续在生命的河流上航行。

随着你航行的时间越久，载负的记忆行李越多，即使你感觉沉重，也舍不得放下一些负担。

那些过去诚实地包裹着你的喜悲，像是你孕育出来的孩子，也许天地之间，只有你记得它们，它们必得依附着你才得以存活。

所以你不忍心放手，因为那就好像你一并遗弃了过去的自己。

没有人心疼你，所以你心疼你自己，心疼过去，也心疼在过去受伤的自己。

你甚至有点儿害怕自己一个不小心，就让那些过去掉进深不可测的巨河里，消失得干干净净，好像不曾存在过。你只能逼自己牢牢地将它们系在身上，与你休戚与共。

背负着那些过去，有时让你重温快乐时光，更多的时候，却让你深陷在痛苦的前尘往事中无法自拔。

在那些令你痛苦的记忆里，很有可能只是一个鄙弃的眼神，或者一个期待的落空，都让你重重受伤，别人眼中微不足道的小事，却是你生命中难以治愈的创痛。

在你心中，痛苦的过去，像一个个弃儿，哭着要你紧紧抱着它们，即使你已左支右绌，仍旧不忍心放手。你的不忍心，却让自己航行的方向越来越模糊、越来越沉重。

也许过去总有许多让人留恋之处，然而它们并不会因为你的不放手，而有任何改变，相反的，它们还会绊住你前进的脚步。

假如你一直舍不得放下过去，又怎么空出双手来捧住最珍贵的当下？

如果过去像弃儿，那么，被你忽略的当下，难道不是更无助的弃婴吗？而当它们成为过去之后，竟也变成让你不忍放手的弃儿，你的生命竟然就是这样徒劳地轮回：沉浸过去、幻想未来、忽略现在。

莎士比亚曾说过："在时间的钟上，只有两个字——现在。"生命河流亦是如此，无论你怎么航行，它唯一的方向就是向前奔流，从不为任何人、任何事停留。

你想顺利地向前航行，就必须在恰当的时刻，放下过于沉重的负担。

可是这并不代表你的前尘往事仿佛会掉入黑洞，消失在宇宙中，因为生命河流其实贯穿了过去、现在与未来，过去并没有消失，只是在你身后，独立存在于过去的时光，与过去的你真实地共存。

一个人、一件事、一个场景并不会因为过去了，就成为弃儿。

假如你总是让自己紧抓着过去不放，对往事恋恋不舍，到最后你将发现，你已经将自己深深地遗弃在世界之外，没有人能够抓住你孤立无援的手。

你曾经以为，最好的生活就是以前和未来两不误。对以前来讲，现在是以前的未来，是心心念念的"总有一天"，如果你此时落魄困苦，那么一定是你辜负了过去的努力和付出；而对未来而言，现在是未来的以前，是日思夜想的"到那一天"，如果你现在挥霍无度，那么你势必会透支未来的美好和憧憬。

所以，从现在起，好好爱自己，诚如加缪说的："对未来的真正慷慨，是把一切都献给现在"。

离 得 太 近 ， 是 一 种 灾 难

射手常给人以聪慧、幽默、独特的感觉，但他又是矛盾的综合体，既低调，又高调；既温柔，又冷漠；既现实，又脱俗。热烈追求友谊，却给自己一片孤独的天空。

射手的往心里藏着许多往事，一遇到一点点不确定，就容易胆怯；有时对感觉反应迟钝，常常不清楚自己想做什么而陷入迷惘。

射手会很友好地对待每一个人，但因为自己是个缺乏安全感的人，所以常常与对方保持距离。

你喜欢和变化的东西保持距离，
这样才会知道什么是不会被时间抛弃的准则。
比如当某件事或某个人充满变数时，你就后退一步，
静静地注视着，直到看见真诚。

　　不知你是否会时常怀念起过去的自己，怀念往日走过的
路，遇见的人，失去的感情，抚平的伤痛……

　　也许你时常会想，时间到底扮演了怎样的角色，能够让当
初那些深不见底的忧伤、难以排解的遗憾、痛彻心扉的伤感，
都变成了今天的若无其事。

　　还好，总算是走了过来。无论以怎样的方式，至少在和他
人谈起时，会轻描淡写地加上一句，哦，都是过去的事情了。

　　不知你是否也曾有过这种感觉，特别开心、特别自豪，激
动到快要飞起的时候，回过头却不知道要跟谁分享，这才发
现，原来快乐也会是一种孤独的状态。

　　或许此时此地，此遇此境——并不适合你欢呼雀跃；又或
者身边没有恰当的人，恰好懂得你的兴奋点，能够频率一致地
感受到你的喜悦，所以即便自己开心到快要飞起来，回头看到
一张不为所动的冷静的脸，莫名地就失去了分享的兴致。

你看，当你一头钻进了回忆的怀里，当你一头撞进伤痛情绪中的时候，你便觉得全世界都灰暗无比。当时间替你和回忆拉开距离，回忆里的人和伤痛都已经无法再伤害到你了。

当你把快乐都与别人相关联，当你把期待都放在旁人身上的时候，你便会隔三岔五地经受一次失望。当孤独挡在你和热闹中间的时候，热闹和嘈杂就都无法再打搅到你了。

你要明白，人与人之间，还是要保持一定的距离，太近了，不是伤人，就是伤己。

太热闹的关系往往空洞无物。没有生活交集的人，就算曾经视对方为最好的朋友，就算当初一起分享了无数个秘密，就算以前难过开心的时候对方都在身边，就算你们以为一辈子都会这么走下去，这关系也会无疾而终，你不想承认也得承认，事实就是如此。

其实，太热闹的生活还有一个危险，就是被热闹所占有，渐渐误以为热闹就是生活，热闹之外别无生活，最后真的只剩下了热闹，没有了生活。

很多关系不必靠得太近，每天接触那么多人，不是每个人都要成为朋友的，很多人就是蜻蜓点水，君子之交淡如水，相识不必交换隐私，相知也不必交换秘密。

大部分的恩怨爱恨都是因为离得太近，太近了就会丢了克制，原本客客气气的关系，开始变得阴阳怪气，彼此都不舒服。有距离，才会有尊重。

当你独自一人生活了一段时间之后，你的沉着冷静就变得既不伤感，也非沉溺，而是与过去、与回忆、与因缘际会、与得失保持一段距离。

当你能够和这个世界保持一段距离的时候，你就拥有了看清这个世界的机会。

跟谁走得太近了，都会是一场灾难。灾难的意思是，你非但回不到从前，还会颠覆了从前。要想得到一个人，你就去走近他；要想失去一个人，你就去无限度地走近他。

近的好处是熟悉，近的坏处是太熟悉。这个世界，唯一能最熟悉的人，只有自己。否则，无论谁在对方面前城门四开，都是一种大忌。

所有美感其实是一种陌生感和距离感。一览无余了，只会徒生厌倦。而更为普遍的心理是：你陌生一些，他还敬畏你，稍熟悉一点，他就拿捏你。因为，你的优点、缺点，都已经袒露在他面前了。

好得一塌糊涂的朋友，分崩离析的数不胜数；深爱的恋人，各自天涯的不计其数。曾经有多喜欢，此后便有多腻歪。前一刻看到的全是好，后一刻看到的便全是坏。好，好在距离上，坏也坏在距离上。

你看，人与人之间还是保持一点距离为好。而最美的距离，或许就在将够着，又够不着的地方吧。

不论是爱情，还是友情，愿你不再被爱灼伤，拥有刚刚好的关系。

你 是 活 给 自 己 看 的 ，
孤 独 是 人 生 的 必 修 课

射手座虽然很多时候都表现出疯癫的表象，不过心里比谁都孤独。对他而言，热闹是不错，可与之相比，射手更喜欢一个人的孤独。他喜欢热闹，也享受孤独。

射手不会嫉妒或者表现出强烈的占有欲，因为他也不希望别人嫉妒他或者占有他。

对射手而言，孤独是每天的必修课，他乐在其中。

当有一天，你发现你的情绪不能用语言说出来，
而宁愿让自己平静地在街灯华丽的街道上独自前行，
这就是你的孤独。

任何一颗心灵的成熟，都必须经过寂寞的洗礼和孤独的考验。

每个人都有孤独的时候，不要因为觉得暂时无人陪伴就自怜自爱。其实每个人都一样，都有这样的时候。在这个世界上，你不能放弃的只有自己。

在当下回忆过去，也在当下为未来做出选择。悲伤没有任何意义，我们始终都要独自前行。

一个人只有不再惧怕孤独的时候，才能收获幸福。

不再惧怕孤独，也就意味着不再惧怕失去。当一个人心灵变得无比强大的时候，生活总是会好过一些。

有人虽然独处但心是浮躁的，有人虽处人群中依然是孤独的。真正的孤独是一种专注于自己的状态，既非自私，也不是自大，而是享有自己心灵的空间不被外界打扰。

其实每个人的生活，都必定会经历孤独这一过程。或长或短，或浓或淡，但你一定会经历。

所以说，学会孤独自处，就成了人生一节无法回避和不可或缺的必修课，并且这门必修课，别人给你的只能是建议，你必须自主完成。

世界上最难的事，莫过于在热闹之中按兵不动，在诱惑面前不忘初心。别偏激，按兵不动不是让你停滞不前，不忘初心也并非不可以放眼未来。孤独，不是迟钝，也不代表妥协。

比孤独更可悲的事情，就是根本不知道自己很孤独，或者分明很孤独，却把自己都骗得相信自己不孤独。

其实，你最应该做的事情，就是在孤独的时候好好爱自己。

你勤奋充电、你努力工作、你保持身材、你对人微笑，这些都不是为了取悦他人，而是为了扮靓自己，照亮自己的心，告诉自己：我是一股独立向上的力量。

学会爱自己，不是买最贵的服饰，也不是去高级的餐厅。真正爱自己的人，往往做得很简单，简单到你也许注意不到：饿了给自己买吃的，冷了知道给自己添衣服，累了让自己放松放松，困了让自己不再熬夜，工作学习时努力，休闲娱乐时放松，不困于金钱和时间……这就是对自己莫大的宠爱。

孤独是我们一生要做的功课，自始至终我们都是孤身一人，所以那些突然来袭的低落，突然降临的厄运，突然消失的爱情和友情，如果当下没有人可以和你共渡难关，也一定不要慌张，要相信你本身就是自己最强大的依靠，因为那些人生中的小插曲、小伤感，它们虽然走了，它们也还会再来，随时随地。

每个人似乎都有自己想做的事情，可以是在房间里看书到通宵，背着旅行包出去远行，或者只是安静地坐在角落里，享受温柔的阳光……

生活有很多的选择，你只需根据自己的喜欢去筛选。而正是选择的十字路口无处不在，所以你走在脚下的路，才注定是一场孤独落寞的远行。

而一个人的成长过程，就是一个人走进孤独感里，又重新从孤独感中走出来的过程。正是很多人会经历孤独这一阶段，才学会了怎样培养自己的独立人格，并开始走向成熟。

你如果还在单身，如果形单影只地走在公园，看到一对情侣牵手走过时，一定会感觉孤独无处自拔。其实，也不用太过纠结，既然现状暂时无法改变，就做自己喜欢的事情。

让自己变得优秀，是比什么都重要的事。

你还单身，要么是自己还不够好，要么是还没有等到配得上自己好的那个人。等待等于留在原点不动，只有行动起来，变化才会出现，但这所有的一切，都是以孤独一人前行为条件。

那些曾经用孤独堆砌起来的日子，总有一天，会让你走向更高更远的地方。那里一定风和日丽，那里一定风光旖旎。

你要相信，先学会和自己孤独自处，是成长的另一种注解和含义。

愿你在一个人的时候，也能扬起头朝前。愿你在最难熬的孤独时光里，也始终没有辜负自己。

你 是 不 是 太 要 强 了，
所 以 才 没 人 会 疼 你

射手总是看似没心没肺，其实特别容易感伤，他把情绪都压在很深的地方，碰到一点阳光，碰到一点相似的情节，碰到一点熟悉的背影，甚至碰到一点神似的眉眼，就会不知所措地惊慌逃亡。

明明很在意，还总是笑笑说"无所谓"；明明很想哭，还总是装作很快乐。

没人能懂射手的忧伤与脆弱，只因射手太另类吗？不，不是的，是因为射手太坚强。

　　你只是不喜欢随时说出自己的需求，不喜欢成为别人的麻烦，你不喜欢搅乱自己那座自尊的城池。你崇尚的是独立与强者原则，却严重低估了在人际交往中满足他人"被需要"心理的重要性。

　　你擅长清爽明朗的游戏规则，却忽略了感情的入口是一个晦涩无序的迷宫，恰似人迷雾般的内心。

　　你看你之所以过得太累，主要源于你太过于敏感，又太过于心软。事事为别人着想，即使有一天你撑不住了、累了，也没有人会心疼你、同情你。因为，在他们眼里，这都是你愿意做的。

　　爱哭的孩子有糖吃，这话还真就一点都没错。路痴有人接，胆小有人送，不会做饭的有别人做，玻璃心找到了可以依靠的肩膀。

　　反倒是你，什么都会，什么都能一个人搞定，只好一个人承担所有。

其实，在生活中，那些愿意"示弱"的人往往能得到更多的关注。在强者眼里的"示弱"，在生物界中却恰恰是个体获取群体支持、展现群体价值的体现。单打独斗显得过于自我、缺乏策略感和灵活性，给同类以距离感。

你要记住，示弱与坚强并不冲突。一个懂得示弱的人，能赢得别人的心；一个敢于坚强的人，能赢得别人的尊重。

先呈现脆弱的，往往不是脆弱，而是勇气；先让步的，往往不是示弱，而是明智；先道歉的，往往不是有错，而是宽容；先示爱的，往往不是滥情，而是情到真处。

之所以能够先做，是因为敢于面对、敢于挑战、敢于失去，最重要的是敢于生活。

太多的人因为怕，怕失面子而失去了生活。

当然了，示弱是要对那些充满善意、真正

在乎自己的人，而不是所有人。也就是说，你既要有对在乎的人温柔的能力，也要有对抗来自生活的刁难的坚强与韧性。

如果你需要坚强，就继续坚强，真正喜欢你的人，会在你哪怕如钢铁般的意志之中，也能发现你柔软脆弱的缝隙，撒下呵护与温柔的种子。当然，既然你是一个坚强的人，也就不怕去学习温柔，不怕去打碎伪装的坚强面具。

一个人要为自己的坚强感到抱歉吗？当然不必要。但叫人担心的是，你总是扮演着坚强的角色，就会失去表达情感的能力，就会失去柔软的特征。即使你深爱一个人，在乎一段友情，或者感激一份恩情，都会不知不觉地表现出坚强的一面。而在他们看来，"坚强"与"僵硬"之间的区别其实很难区分。

即便是真的与他们闹翻了，相信大家都会觉得错得更多的是你，因为人总愿意相信看起来弱的一方，伤的永远都是故作坚强的人。

一个人久了，会越来越挑剔。因为对自己太过依赖，所以合得来的人越来越少。很多人总感慨遇不到对的人，其实都是单身太久，找不到了彼此依赖的那种感受。

原来，太过独立，也是一种病。

同样的道理，如果你身边有特别懂事的人，如果他们是你的至亲，或许你该反思一下自己，是不是没有给他们足够多的心疼和爱。

希望你能分得清，害怕麻烦别人的人，是自立，还是孤独的绝望？

每一个懂事的淡定的现在，都有一个很傻很天真的过去；每一个温暖而淡然的如今，都有一个悲伤而不安的曾经。

也许你曾为了一次错误、一句傻话而忧虑良久，不惜为此赴汤蹈火，以求得一个理解。但最终发现，于己重要如此，于人却不过是过眼云烟。那些压得心累心疼心烦的担子，大多是自己强加的。

毕竟，有些事情，该懂的人总会懂。不懂的人，其实永远无须多讲一句话。

是 孤 独 让 你 变 得 更 优 秀 ，
而 不 是 合 群

射手被人喜欢的第一个反应是躲。不管他喜欢的还是不喜欢的，他都想躲，不一定会真的躲，但是心里一定会有这个想法的。因为他要考虑这会不会影响到他的自由和空间。

射手座的世界很难有人走得进去，但如果你恰巧走了进去，那请你不要轻易走出来，否则会在他的心里留下一个无法愈合的伤口。

如果你看到射手的眼泪，请相信这绝不是他在博同情，而是说明内心骄傲的他已经难过到了极限。

孤独的人，
不必总觉得生命空空荡荡。
上天总要你腾空双手，
才能接住更好的一切。

一个人逛街，一个人吃饭，一个人旅行，一个人做很多事。一个人的日子固然寂寞，但更多时候是因孤独而快乐。因为，极致的幸福是存在于孤独的深海里。在这样日复一日的生活里，你最终是要逐渐与自己达成和解的。

孤独，不是孤苦无依、独自一人的意思，这个孤独是指人在一生的旅途中要能有时间勇敢地、安静地面对真实的自己。

你要知道，孤独不是给别人机会来可怜你，而是给你机会发现更强大的自己。

孤独的时候，时间会很充裕，你有很多收集泪水的时光，熬过无数次的颓废和徘徊，直到身体倚在另一个人的肩上。

成为你想成为的人，别在意你将为此流下多少汗水。等待你心中唯一的伴侣，别在意你将为此承受多少孤寂。汗水会伴你成长，孤独也是足以撼动人心的力量。

最好的时光，是一个人坐在某处安安静静读书的时候，就像最美妙的孤独，是一个人坐在街边长凳上，不为等待任何一个人。

忙碌的人，对忙碌的感觉总是爱恨交加。一边怨着自己太忙，但真要他们闲下来，他们又会找很多理由让自己不要闲下来。比如："没办法，我是劳碌命!""哎，习惯了!"

可一旦真的闲了下来，他们反倒浑身不自在，又开始问自己："现在该做什么才好?"

可你是否想过，企图让自己保持忙碌的人，是不是因为害怕孤独，才让自己忙得没有任何闲暇?

你一边沉浸在自己并不喜欢的生活中，被自己憎恶的关系肆意捆绑，一边大声疾呼："我要自由。"可是你是否想过，如果切断这些牵绊，你该如何才能让自己镇定下来，去面对来势汹汹的自由?

是因为害怕自由，才使我们日复一日地过着不想过的日子，又或是不太甘心却又有点儿情愿地把自己交给忙碌呢?

很多人过完一辈子，一生中真正自由的时间，却少得可怜。

人生中，似乎每一个阶段都在拥抱孤独：高考结束时的失落；初入大学的陌生；毕业后的惶恐；工作时的迷茫……

孤独是人生最大的秘密，关于孤独，只要记得两件事：孤独没有不好，不接受孤独才不好。

正是孤独让你变得出众，而不是合群。享受孤独，适度脱离群体，学会和自己相处。孤独是可贵的，在这样没有被打扰的时间和空间里，完全依照自己的意愿来安排这段时光怎样度过，是一种莫大的快乐。

在每天非常有限的自由的时空中，如果可以做到有计划、有节制地生活，完成那些别人做不到的事情，也就成就了你自己。

谁都不是很完美的人，但你要接受不完美的自己。在孤独的时候，给自己安慰；在寂寞的时候，给自己温暖。

学会独立，告别依赖，对软弱的自己说再

见。生活不是只有温暖，人生的路不会永远平坦，但只要你对自己有信心，知道自己的价值，懂得珍惜自己，世界的一切不完美，你都可以坦然面对。

那些才华横溢、有所作为的人，都是会享受和利用孤独的人，他们在孤独的时候积蓄能量，才能在不孤独的时候爆发和绽放；而那些害怕孤独，成天在酒桌、朋友圈里寻找存在感的人，一定都会淹没于芸芸众生中。

平庸的人，只是眷念近处的风景，贪恋凡俗的奢华，舒适并安逸着，最终忘了赶路，且自鸣得意，终会一无所成；优秀的人，独行在沉默的时光中，忍受着平淡与寂寞，从不哀怨，从不言苦，踏着血汗的阶梯，攀上了他人企盼的高度。

曾经的苦与累，不是为别人受的，那是你蛰伏的背景、回眸的闪光。

第五辑

年轻时不为梦想买单，老了拿什么话说当年

射手的一生都在追梦的路上。

射手在追逐人生目标的过程中往往不遗余力。射手外在热情，内在深沉，有着开阔的视野和大度的胸襟，即使遭受挫折、失败，也不会轻言放弃。其性格热情、坚韧、冷静、勇敢，对生活、对未来总是怀着巨大的热忱。

射手的视野总是朝向理想的地平线。在成长过程中，若发现可以狩猎之处，必如满弦之箭，瞄准猎物，志在必得。

冒险是射手的最爱，而征服是射手的拿手好戏。在射手看来，追逐梦想是此生必尽的义务，而实现了梦想的人才是人中龙凤。

有 些 事 现 在 不 做，
这 辈 子 都 不 会 做 了

射手是追求梦想的人，终其一生，他都在考虑怎么巧妙地做一些事情，花最少的精力去达到最好的效果。

很多射手看上去让人们会觉得很懒，但是其实他的大脑从没有停下过思考现实。

射手最讨厌的是别人做事拖拉，但有时候，因为自身的时间观念也并不强，射手也会给别人一种"特别能拖"的印象。

我和这个世界不熟

去见你想见的人，去做你想做的事，
趁阳光正好，趁微风不噪，趁你还未老。

　　你总是喜欢把事情拖到第二天，你不能总是这么拖了，有一天，你会有很多事情要做，你的余生都不够你用。

　　这匆匆的青春，之所以值得一过，绝不仅仅因为浓烈或者平淡，也不在于成功或失败，如果你还有梦想残存于内心，那么它值得你为之努力，在你还没有老去的时候。

　　你要记住，有些事，你现在不做，就一辈子都不会做了。

　　一个人的时候你可以问问自己，你做了什么？你留下了什么？别人记住过你吗？

　　也许你也不知道答案，但可以肯定的是，如果你肆意挥霍着青春，你原以为你留下了很多，但当你认真回望时，你会发现它根本没有任何痕迹。

　　你要明白，年轻的时候是该努力的时候，一定不要选择了安逸。如果自己不努力，谁也给不了你想要的生活。

你想要好成绩，但是你不努力学习；你想要富裕的生活，但是你不去拼搏奋斗；你想要健康的身体，但你没能坚持锻炼；你想要称心如意的生活，但从未真正改变过自己。如此，便也无须抱怨自己不够成功、不够风光。

毕竟，你尽力了，才有资格说自己运气不好。

你已经不是小孩了，也许你会说再不疯狂就老了，但是，没有意义的疯狂，又怎么能够祭奠你的青春呢？

亲爱的，你是有允许自己偶尔消极的权利，但是请不要太过宠溺自己。你必须承认的是，你长大了，在享受长大所带给你的乐趣的时候，也请承担长大所带给你的历练。

当你累的时候，不妨想想未来的你，想想你爱的和爱你的人，你还有什么资格不努力呢？也许你会说坚持是件很痛苦的事，但是你不是正年轻吗？年轻的你可以挑战别人眼里的疯狂的、不可能的事；年轻的你有理由相信青春无极限，没有尝试过，你怎么知道自己不可以？

是的，虽然你没有任何筹码，但是你要相信努力无价，未来的你肯定也会感谢现在努力的你。

"浪迹天涯"也许是很多人曾向往过的生活，但是真正拥有它的人却并不多。背上行囊远走他乡，去过只有自己才能体会的辛酸与孤寂的生活，这需要异于常人的勇气。

　　"功成名就"也许是很多人曾界定的成功人生，但是真正实现它的人却很少。因为需要付出汗水和精力，去承受只有自己才能承受得起的艰苦和得失，这需要异于常人的努力。

　　努力是不会背叛自己的，虽然结果偶尔会不如意。虽然努力不一定能实现梦想，但是曾经努力过的事实却足以安慰自己。

　　如果你想要什么，就勇敢地去追求，不要管别人是怎样想的，因为这就是实现梦想的方式。

　　生命短暂，来不及活得好，犯傻的人才会想要提早去报到。悲伤很难熬，但终归会过去，就像快乐也留不住。秋尽冬来，然后春天总会重回人间，没有永远的圆满，却也没有永远的失望。

　　不勇敢地走下去，又怎能知道不会过得比

现在好？只有活着，才可以学会潇洒地活，才能够把所有的苦涩化作微笑。

很多时候，不是你努力就一定能成功，因为天资和机遇会深深地限制一个人。然而很多时候，努力并不是为了过上多好的生活，而仅仅只是为了让明天比今天更好一点，哪怕稍微好一点点，就已经是很好了。

人生很多时候，不是为了能赢过别人，只是为了能赢过昨天的自己。只要做到这点，就已经算成功了。

反正无论努力还是不努力，时间都一样过，那就努力吧！就算一个人的希望总是会被各种负能量所打击，也还是要充满正能量地生活。毕竟，如果没有希望，人跟咸鱼有什么区别？

去做你想做的事吧，趁阳光正好，趁繁花还未开至荼蘼，趁还年轻，能走很长很长的路，能诉说很深很深的思念，趁世界还不那么拥挤，趁飞机还没有起飞，趁时光还没有吞噬你们的留念，趁自己的双手还能拥抱彼此，趁我们还有呼吸，去做你想做的事情吧！

趁一切，还来得及。

年 轻 时 不 为 梦 想 买 单，
老 了 拿 什 么 话 说 当 年

射手拥有永远年轻的心态，秘密就在于他总是有梦想
指引，不畏挑战的精神令他以"利剑"为指引，释放
内心的热情与渴望。

射手对人生充满了乐观，他也希望能用自身所散发的
热情感染到别人，所以人缘通常都很好。

射手是个永远无法被束缚、不肯妥协，同时又具备人
性与野性、精力充沛且活动力强的人。他有着远大的
理想，何时何地都不会放弃希望和理想。

没有一颗心会因为追求梦想而受伤，
当你真心想要某样东西时，
整个宇宙都会联合起来帮你完成。

你明知道蜷缩在床上感觉更温暖，但还是一早就起床；你明知道什么都不做比较轻松，但依旧选择追逐梦想。这就是生活，你必须坚持下去。

梦想无论怎样模糊，总潜伏在你心底，使你的心境永远得不到宁静，直到这些梦想成为事实为止。

每个人都曾有过那样的经历，为了梦想，默默努力许多年，可总也没法获得预期的成功。

在这个过程里，你曾感到自责，也曾怀疑过梦想本身。可还是咬咬牙，就这么坚持了下来。

梦想也许今天无法实现，明天也不能。重要的是，它在你心里。重要的是，你一直在努力。

没有谁的成功是一蹴而就的，你受的委屈、摔的伤痕、遭的冷眼，别人都经历过，他们身上有光，是因为扛下了黑暗。

生活给了一个人多少磨难，日后必会还给他多少幸运。为梦想颠簸的人有很多，不差你一个，但如果坚持到最后，你就有收获。

去外面的世界看一看，你会发觉，永不言弃并最终收获成功的人有很多。

人人都有梦想，然而有的因困难而退缩，有的因失败而气馁，又或因懦弱而放弃。当你不敢追求梦想时，你的人生只能在原地踏步。

记住，唯一能阻挡你实现梦想的，就是你自己。

许多人在一生中或许会有找不到人生目标的时候，这很正常。你追求自己的梦，就必定会跟着出现一大堆告诉你这梦不可能实现的理由。你是准备为自己的人生找各种借口，告诉自己"我不行"，还是准备努力搬开这些障碍？

有时候回头看看从前的自己，才忽然发觉，原来曾经经历过那么多的坎坷和努力，只是身在其中的你不曾在意。

绝大多数时候，人都只能靠自己。没什么家庭背景，没遇到什么贵人，也没读什么好学校，这些都没有关系。关键是，你决心要走哪条路，想成为什么样的人，准备怎样改变自己的惰性。向前走，相信梦想并坚持。

只有这样，你才有机会自我证明，找到你想要的尊严和荣誉。命运也许刻薄，所以一直在为梦想拼搏的人们，才足够让人印象深刻。

每当想要放弃的时候，只要一想到，这个世界上还有那么多人，在完成梦想的路上默默努力着，就总会感到快乐和踏实。

是的，踏实。你也不必每天在看不到阳光的地方惆怅，梦想本身就是一种光亮。

愿你那些未竟的梦想都像种子一样，在经历疾风骤雨之后，依然会在某一片土壤不断扎根成长，又在某一个时间的某一个角落，悠然茁壮。

如 果 害 怕 有 用 的 话 ，
那 还 要 努 力 做 什 么

射手座性格的软肋在于：人生态度有时太过随性乐观，
最害怕自由受限；关注社会民生，却对身边人缺乏关
爱；对于人生问题眼高手低，容易成为曲高和寡的哲
学家。

由于对梦想有着天然的追逐动力，所以射手尤其害怕
追梦之路受阻，或者梦想破灭。其实，只要去努力就
好，这种害怕不会解决任何问题。

你现在所遭遇的每一个不幸，
都来自一个不肯努力的曾经。

如果害怕有用的话，那还要努力做什么？

那你每天什么都不用干，只要躺在床上，自我催眠，重复着"我好害怕""我害怕来不及"就好了？

你一害怕，天就不会黑？你一害怕，就不用长大？你一害怕，就可以不用烦恼？

亲爱的，世界并不会因为你害怕、担心什么，而有丝毫的不同。你要记住，害怕是这个世界上最无用的东西之一。

害怕，它只会徒增无谓的烦躁和压力，并不能帮助你解决任何实际问题。事实上，更多的时候，害怕像一个任意反弹的弹簧，肆意地搅乱你的生活。

你越害怕来不及，就越来不及；你越害怕事情做不好，它就真的做不好。

所以，害怕不仅无益于问题的解决，更有可能使问题变得更糟糕。既然这样，你确定还要继续害怕下去吗？

其实，很多时候，你不是害怕，而是有点急功近利罢了。

也许你很早就听过太多少年成名的故事，这些人让你恍惚觉得自己也可以，也应该是"少年成名天下知"这类人之中的一员。

你希望在一个还算年轻的年纪，就能够拥有你想要的一切，拥有足够你挥霍的资本，这资本可以是时间，可以是金钱，也可以是能力或才华。可是你却发现，你什么都没有。

可是亲爱的，你有没有想过，那些你羡慕的人，那些混得风生水起、风光无限的人，拥有怎样独特的能力或才华，经历了多少暗黑的时光，付出了多少辛苦的努力，才换来今天这样金灿灿的人生？

当你连走都没有学会的时候，就妄想着跑得很快，这是不是很贪心？不是说，你不可以少年立志，而是立志以后，要一点点努力，慢慢地进步，直到你成为你喜欢的样子，成为你想成为的人。

你害怕的另一个重要原因是因为前方的道路漫长而未知，害怕是因为现在落后于别人很多，害怕是因为怕终究无法成为自己想成为的人。

可是没有关系啊，只要你愿意努力，愿意去改变，任何时候都来得及。

有两个成语特别招人喜欢，一个是"来日方长"，一个是"厚积薄发"。

"来日方长"讲的是一种态度和信念，是一种对于美好未来的强烈笃定，时间一定会让你成为更好的人，所有的付出都一定会有回报，只要你愿意努力。

那以后的事情，就交给时间，你要做的就是静静地等待着属于自己的那一阵风。等风来的时候，张开翅膀，奋力翱翔，将曾经的落后于人的落寞失意都一笔勾销。

至于"厚积薄发"强调的是一种做事情的态度，你现在所有的努力和准备，都是一种沉淀，一种铺垫，都是为了将来某个特殊的时间点到来时，你可以爆发出更强大的力量。

"精卫填海""愚公移山"这些古老的传说里的英雄之所以会成功，靠的都不是力量，而是坚持，"来日方长"的持之以恒。

所以，不要抱怨变化，不要害怕变化，不要拒绝改变，不要害怕未知。生命，就是要向前，要不断变化、改变、成长。

只有你保持不断成长的姿态，每一天对你来说才是新的、美好的。你活在当下，方能走在自己生命的阳光大道上。

努力了，或许也有可能会被生活辜负，但总算自己没有辜负自己，当熬过了所有的苦难，因为没有遗憾，所以比谁都潇洒。

你要相信，总有一天，你的努力，会得到证明。所以，不要害怕。每个人都一样，每个人都会经历迷茫、困惑、辛苦，但黑暗终将过去，光明终将到来。

除非宇宙爆炸，地球毁灭，战争爆发，而你时日无多，否则，只要你肯努力，就别害怕来不及。

如果不逼自己一把，
永远不知道自己有多强大

射手具有追寻人生哲理与游历世界的乐观学习心态和野心，他喜欢无拘无束的行事风格，总是热情洋溢地体验生活。

虽然射手对世界上发生的一切事情都有浓厚的兴趣，喜欢外出旅行、好友善交，但决不允许别人威胁和干涉自己的神圣自由。所以，一般情况下，他更喜欢安逸而自由的日子。

当听到梦想在敲锣打鼓为努力助威的时候，射手可以很快地切换到奋斗模式。

如果做不到对别人狠心，
那就对自己狠一点，
你逼自己变强大了，
也就没有人敢对你狠心了。

　　喷泉之所以美丽，是因为水有压力；瀑布之所以壮观，是因为没有退路。没有压力和动力的水，只会成为一滩死水。
　　人也是一样，如果给自己一点压力，也许自己比想象中的优秀很多。假如再有永不放弃的精神，全力以赴的态度，你会惊叹自己也能创造奇迹。

　　对自己狠一点，逼自己努力，再过几年，你会感谢今天发狠的自己，否则，你会仅留遗憾，然后恨透当初那个懒惰、自卑的自己。
　　谁都没有比谁生活得容易。只是有的人呼天抢地，痛不欲生。而有的人，却默默地咬牙，逼自己学会坚强。

　　沉下心慢慢地去做一件事，将所有的细枝末节都做到无可挑剔，你会发现原来每一件细节背后都有许多值得努力的空间。无论是对于生活还是感情，一定要努力，不然今天的你就是在重复昨天的自己。

从某种程度上来说，奇迹只是努力的另一个名字而已。所谓迷茫，是因为才华配不上梦想，而所谓努力，就是为了让才华赶上梦想。

人生之路是逼着走出来的。不逼自己一把，你永远不知道自己能做多大的事。切断了退路，你自然会想办法寻找出路；掐断了幻想，你才会埋头苦干。逼着自己走出第一步，第二步、第三步就容易多了。如果不逼自己一把，懒惰就会逐渐锈蚀你的心，曾经的豪情万丈也会灰飞烟灭，生命的价值将会大打折扣!

有些事情，如果不逼自己一把，你永远无法知道改变的快乐。改变了自己，一切都会随之而变。

因为你有过很深的迷茫，到现在也还会时不时地对自己所做的事情感到怀疑，但是你也知道，迷茫是生活的常态，很多时候，它只是才华配不上梦想而已。此时，你能做的其实就是让自己的才华养精蓄锐，在梦想的道路上，狂奔得更快一些，脚踩得更踏实一些。

原来，最可怕的不是你行动得慢，或是才华增长得少，而是你一直停留在一个静止的状态，每天都在抱怨和厌倦中度过，而从没有为更好的自己做出一点改变。

　　当你在追逐梦想的道路上屡次受挫，你是否停下来仔细想过，是方向有误，还是你的实力不够？

　　才华也有大有小。有大才华的人，连吃个东西都可以吃出学问来，而普通人的才华大多数都是小才华，需要付出很多的汗水和辛劳才能取得那么一点点的进步。

　　但即便如此，每天能处在一点点进步之中的人，绝不会迷茫。相反的，那些看不起或者无视小进步的人，才会真正地迷茫；那些对自己的才华不自知的人，才会真正地迷茫。

　　所以说，克服迷茫的方法，无外乎其他，就是抓住现有的生活，狠狠地向前进，努力让自己做得更好，而不是站在那里，仰望天空，抱怨未来的遥远。

如果你有大才华，就去追求大梦想；如果你觉得自己的能力有限，才华也不够支撑起你的野心，那就安静下来，扎进小的失败和挫折中汲取营养。

不要迷茫了，把当下的、手头的事情做到极致，前途也能一片明朗。你要记得：如果需要反省，一定不是在梦想上徘徊不定，而是要在才华上卧薪尝胆，反思它为什么不能日渐丰满。

如果你不握紧拳头，你就不知道你的力量到底有多大；如果你不咬紧牙关，你就不知道你的坚持到底有多狠；如果你不拔地而起，你就不知道你的果决到底有多正确；如果你不睁大双眼，你就不知道你的内心到底多强大。

最强悍的竞争力只有两个字：行动。

人，要不断逼自己努力，一旦松懈下来，就没有了动力，不能光靠外界给你动力，要学会给自己提供动力——逼自己不松懈。

别急于去向生活索取，一旦时候到了，你的努力自然会有回报。

必 须 暗 自 努 力 ，
才 能 称 心 如 意

射手是积极追求理想的人，但射手的理想是建立在现实基础上的。他很少谈及自己的理想，而是实实在在地努力去做着向理想靠拢的事情。

射手并不看重别人嘴里说了些什么，而是更看重别人实实在在地做了些什么。终其一生，射手都在不断地向着自己所追求的人生目标努力。

很多射手表面看上去让人觉得很随遇而安，但其实他更喜欢在暗地里不断地努力，朝着自己的目标迈进。

最能让人感到快乐的事，
莫过于经过一番努力后，
所有东西慢慢变成你想要的样子。

　　也许这就是现在的你：想做个开心的人觉得好难，每天习惯晚睡，经常喜欢发呆，做什么事都没有坚持的动力，今天告诉自己明天要努力，明天起来一如往日的模样。

　　你无法忍受现在的自己，却没毅力改变。越习惯，一切也就越糟糕。

　　碰到一点压力，你就把自己变成不堪重负的样子；碰到一点不确定性，你就把前途描绘成暗淡无光的样子；碰到一点不开心，你就把它当成这辈子最黑暗的时候……这些，大概都只是你为了自己不去努力、不去改变，而干脆放弃明天所找的拙劣的借口吧！

　　其实，所有的无能为力，大多是因为你不曾真正努力。

　　别人都在你看不到的地方暗自努力，在你看得到的地方，他们也和你一样显得吊儿郎当，和你一样会抱怨，而只有你自己相信这些都是真的，最后也只有你一个人继续不思进取。

现实会告诉你，不努力就会被生活踩死。无须找什么借口，一无所有，就是拼的理由。

很多时候，你只看到别人的光鲜亮丽，不知他背后的辛苦付出。你只羡慕别人的非凡成就，却不愿为此付出代价。

你所要知道的是，所有的暗自努力所换来的称心如意，都是给你自己和家人，而非他人。

无论如何，必须暗自努力，才能称心如意。

你只看到了别人光鲜亮丽的外表，却没有看到他无奈痛苦的内心世界；你只看到了别人任意挥霍，却没有看到他挥霍之后的空虚；你只看到了别人灯红酒绿，却没有看到他内心黑暗的角落。

也许你所拥有的，正是别人羡慕的。每个人出生的背景、成长的路径、遭遇的事件、所处的环境都不同，所有的一切都不能进行对比。

唯独能比较的，是"以前的你"和"现在的你"。比起之前，你是否有进步，是否满意现状？

其实，最大的称心如意，应当是超越以前的自己。

也许你会说，"我是平凡人，并不想成为什么专家或行家，只想安安分分过日子"。那只是你的错觉，时间在流逝，你每天反反复复的那些行为，就是在塑造你。你不想成为什么人，可是你注定会成为什么人。

如果工作学习之外的时间，你只是用来看电视、刷朋友圈、翻网页、聊天……那么几年之后，你就会变成你曾经不喜欢的那种"没故事的人"。而你最擅长的就是，如数家珍地说起别人的成功和失败，自己身上找不到任何拿得起说得出的本领或故事。

不是流泪就能挽回失去的东西，所以不要轻易哭泣；不是伤心就一定低头，所以不要吝啬微笑；不是你认为可以给予就能给予，所以不要轻易许诺；不是你一事无成，所以不要总是悲观地以为自己不行；不是只有你一个人在努力，所以不要轻易言弃。

你要记住，这世界没有谁能随随便便成功。不要再抱怨自己的世界，降临到你身上的就是上帝给你最好的，最适合你的。

每个人都要度过一段没人帮忙、没人支持的日子。那时候，所有的事情都是你一个人撑着，所有的情绪都只有你自己知道。但只要咬牙撑过去，一切都不一样了。

但是，在你没有亲身试过以前，你不能说"不可能"；在你没有努力奋斗过以前，你不能说"运气不佳"。

你要相信，老天不可能给你一项"不可能"的任务。

当有一天，你的脸上云淡风轻，谁也不知道你的牙咬得有多紧；你走路带着风，谁也不知道你膝盖上仍有摔伤的瘀青；你笑得没心没肺，没人知道你哭起来只能无声落泪。

你要明白，要想让人觉得毫不费力，只能背后极其努力。我们没有改变不了的未来，只有不想改变的过去。

若 想 要 从 未 得 到 的 东 西，
就 必 须 做 从 未 做 过 的 事 情

射手座热情洋溢，对生活充满火热的激情。他敏捷的思想跳跃着，随时准备去经历风险。而想要一直处在追求梦想和自由的状态中，不勇敢是不行的。

如果不勇敢，射手就会担心未来，会被固定的工作束缚住，就会担心自己的生命，不敢去一些别人没有去过的地方。

等待也好，迷茫也罢，都不要留在原地。
如果你没有行动，新一年不代表一定是新的开始；
只要你下定决心，每一天都可以是新的起点。

你是不是也有这样的时候，只想舒服地躺在床上睡懒觉，或者打开游戏的界面，沉溺其中？那么你有没有想过，你现在做的这些事，对你而言是不是很简单？是不是太舒服了？

因为简单和舒服，所以你会轻易且乐意去做。但是，如果你想要变得更优秀，至少要比现在更优秀，那么这些简单而舒服的行为，就能帮你实现吗？

当然不能。那既然享受和安乐无法让你变得更加优秀，那你为何不做点相对于自己而言，相对难一些的事情呢？

你要知道，想要拥有那些从未得到的东西，你就必须做从未做过的事情，付出从未有过的努力。

所谓"从未做过的事情"，是指当你静下心来的时候，那些你现在还无法企及，是对你而言相对难熬，而且不情愿花费时间去做的事情。

假如你英语不是很好，但英语四六级证又不得不去争取，那么，努力地花费时间在学习英语上，对你而言就是相对有些难熬的事情；假如你对自己的身材不满意，那么花费一定的时间和精力去健身减肥，就是很相对煎熬的事情；假如你不善于人际交往，那么改掉宅在家里的习惯与人交往，对你而言就是一个挑战……

当你付出的努力，最后实现的时候，你会发现那种快乐是任何财富都无法交换的。之所以会这么快乐，是因为你投入了精力在上面。就像你精心栽培的果树，终于开花结果。

其实，一个人现在还不够优秀、缺点满身，这并不可怕，可怕的是，当你明知道自己的缺点和不足，不是想办法去解决和克服，而是安于现状，原地踏步。

很多美好的东西，因为珍贵，所以总是不会轻易得到，需要拼尽全力才有可能获得。可能过程有点难，可能结果没有你想象中的那般好，但你一定会比原地不前的那个自己更好。

而生活本身，就是一个不断升级打怪的过程，你不打倒它，你可能就会被淘汰。

有些事情，不是你非做不可，是你不去做，就可能陷入更大的困境。而你迎着困难而上，反而会感觉柳暗花明。

你为了不掉入狭隘的井底，拼劲全力沿着井底朝上爬，是为了能看到更加广阔亮丽的风景，是为了让自己心脏的肌肉，变得更加强健。

没有什么不公平，相同的时间，你把时间用在了停步不前，别人把时间花在了克服挑战上而已。

而去做一件对你而言相对困难的事情，当你去解决它的时候，你不仅会收获更大的进步和成长，还会感到更加强烈的幸福和满足。

因为你做的这件事情，是比你想象的要高一层的东西，是你花费了时间和精力用心维持的东西，是让你废寝忘食的东西，所以你最后拿到手的，一定是自己最想要的。

所 谓 天 赋 ，
不 过 是 你 之 前 努 力 的 结 果

射手从来都不是机会主义者。对射手而言，不管是什么目标，必须靠自己努力才能实现，靠等、靠祈祷是永远不会达成的。

如果你觉得射手完成一件事时表现得天赋过人，那你一定要明白，那只是因为他比别人更努力。

每个人都在努力，
都在奋不顾身，
不是只有你受尽委屈。

你也许没有过人的天赋、让人羡慕的身份和家庭背景，但你拥有的是另外的东西。它叫作"努力"，足可以去和天赋抗衡。

这个世界有太多的聪明人，从起跑的时候，他们便比笨人离终点更近，跑得也更快。可在终点线上，往往都是笨人先到，少见的是有天赋的聪明人获胜。

龟兔赛跑，是预言，也是现实。如果天赋好，记得要一直跑；如果没有，做一只笨却坚持的乌龟也没什么不好，一切只在终点才见分晓。

天赋这个东西是潜藏的，其所带来的差别很容易就被努力掩盖了。甚至它本身都可能是不存在的，有时候，所谓天赋，无非就是之前努力积淀的结果。

而且，比起天赋，努力也许更值得嘉许。

小时候总觉得"努力"是没有"天赋"的人做的事情；长大了才明白，原来"努力"才是最珍贵的"天赋"。

只要你在一些方面做得好，可能就会有人说你在这方面有天赋。当你听到这样的话时，千万不要当真，因为这很可能是他们在逃避，不愿意正视自己不努力的现实。

成长的过程中，很多事情光有热情是不够的，要做成做好，需要不断的坚持，需要强大的韧性，需要长期关注一些细节。

天赋是一个被过度神话的词，对一件事物、一个领域保持一以贯之的兴趣和热忱，日积月累会提高熟练度，而就像武林神功需要潜心修炼一般，一旦熟练度达到一定程度，任督二脉就被打开，之后的灵感便会源源不断，一个个不世出的"天才"便竞相涌现。

大部分所谓的"天赋"，均来源于此。

也许你曾听到那些成绩差的、效率低的人说过这样的话："某某不过是努力学习、努力工作罢了，我要是认真努力，也能表现得很好。"

也许你曾听到那些一事无成的人说过这样的话："我要是有那种条件，我要是努力一下，也能做到功成名就。"

他们说的就好像成功不过是手到擒来的事情，但是却忘了，努力才是一个人真正的天赋。

当你把全部时间、精力都放进去的时候，当你投入全部身心的时候，你其实就能做得比别人好，但不代表你就是天生会这个。而有些人之所以喜欢说天生，主要是为了标榜优越，让别人望尘莫及。

其实，哪有什么天才，不过是冬练三九，夏练三伏；哪有什么天赋，不过是你望尘莫及的努力罢了。

你总是在羡慕别人的成功，在抱怨自己的无力，在吐槽他们的得天独厚，在懊恼自己的一无所有。其实哪有那么多的天赋异禀，人家真的只是比你更想要而已。

因为你不是真的想要去尼泊尔，所以才能将行程一推再推；你不是真的很想要吉他，所以你现在也只是在拨弄的阶段；你不是真的想写小说，所以小说还没开始就已经结束了。

也许你仍旧固执地认为，成功百分之九十取决于环境，个人努力只占百分之十，但如果这百分之十你都没有，给你百分之九十的环境也没用。

别人拥有的，你不必自卑，只要努力，你也会拥有；自己拥有的，你不必炫耀，因为别人也在奋斗，也会拥有。

所以，请接受自己的平凡。那些所谓的天才，只是从小便做着自己喜欢和擅长的事情，并为之投入了常人难以想象的精力，他们看起来足够幸运，其实并非坐享其成。

而普通如你，享受着轻松惬意的童年，从小就对艰涩难懂的知识避而远之，却想通过短短数年的突击，将数十年如一日的人斩于马下，这不是痴人说梦是什么？

平庸的你，也许的确无法在某个领域登峰造极，达到处于金字塔尖的百分之一，但经过努力和奋斗，迈入这个领域的百分之十，还是轻而易举的。

毕竟，以大多数人努力程度之低，根本轮不到去拼天赋。

是的，你也许没有天赋，但你也能更好。每一个人，都不可能成为优秀的别人，但至少你可以成为更好的自己。

第六辑

不想长大，只是怕变成自己不喜欢的那种人

射手可以说是十二星座之中最具有艺术家气质的星座了。在这个物欲横流的时代，他们谈起心中梦想的时候，依然是那种眉飞色舞的状态。

射手座的这股闯劲儿，是其他星座都望尘莫及的。

射手座既渴望长大，因为那意味着离梦想更近，拥有更多自由的权利；射手也害怕长大，因为怕长大了看不见梦想，怕失去自由。

变 成 自 己 喜 欢 的 样 子，
以 自 己 喜 欢 的 方 式 过 一 生

射手看似随便，却又行事一贯不爱固执。如果他已经事先计划好的事，是不会临时为任何人而改变的。

射手有自己的原则和底线，在射手的心中，有一些东西是不可以乱掉的，会伤害到主体结构的事，他宁愿舍弃。

对射手而言，"因为实现了梦想、变成了更好的人"而得到的快乐，远远胜于"因委曲求全、服从他人意志"而得到的舒适"。

这个时候的你正在忙什么？在情感的旋涡中，不能自拔，还是为一道选择题、一篇论文焦头烂额？或者被某个不知轻重的人折磨得痛不欲生，恨不得大声说出"离我远点"？

的确，成长的过程中确实有很多时候并不总是如人所愿。可难道因为这些就要把自己弄得灰头土脸、狼狈不堪吗？

亲爱的，不管你有没有遇到对的那个人，不管生活给予你的是快乐还是苦难，哪怕多年以后，变成一个在菜市场上和人斤斤计较的"煮妇"，也不能忘记自己的希望与梦想。

成长再困惑，世界再困难重重，也要努力长成自己喜欢的模样。

你说你喜欢有健美身材，那为什么不开始运动呢？你羡慕他能说流利的英文，那你为什么不开始学习呢？

好多时候，自己最大的敌人是自己。还没有开始做一件事的时候，就给它判了死刑，然后你就只是在那里羡慕着。孰不知，要是你开始羡慕的时候就开始尝试改变的话，那么现在，你或许已经比被你羡慕的人做得更好了。

改变自我是一个很漫长的过程，拔掉身上的尖刺更是痛苦不堪。

过去害怕失去朋友，害怕孤独，如今却主动去拥抱孤独。什么都喜欢随缘，不再强求。你称这为成长，说白了不过是更加现实。

天真和幼稚是孩童的专属，成长才是进入社会的必要法则。即使发脾气是因为紧张和在乎，可不懂你的人只会看到你不够世故。

懂得自己的毕竟是少数，更多时间，为了避免受伤，只有"躲避"或"妥协"两个选项。

过去常觉得世界这么大，懂自己的人却那么少。偶尔能遇见那么一两个，就恨不得紧紧握在手中，与对方的交往充满了占有欲与患得患失，换来的结果却总是以搞砸收场。

现在却觉得，两个人再亲近，彼此也是独立的个体，关系再好，你还是你，他还是他，怎么也无法融为一体。

想清楚这一点，对于治愈依赖感效果奇佳。当你愿意走出之前的画地为牢，会发现世界原来这么大，其实可交者、可游者不必太多。

之前封闭，好似在戈壁滩上好不容易找到一棵树，恨不得吊死在上头一辈子。走出封闭，则像看到了森林。

敞开心扉，也是接纳自己。不必对所有人都敞开心扉，因为那是孤独的表现。你只需要发现人群中每个人的闪光点，一个人的火苗可以点亮另一个人的黑暗，两个人的交会，会更加璀璨。

遇见对的人，靠近会更加亲近，在此之前，你要努力变得更优秀。不要畏惧孤独，也不要怕这世上懂得你的人太少，学着从自己的世界出发，去看看外面的世界。像是孤独星球上的小王子，带着他的善良和勇敢，毅然出发。

我们从小按照长辈规划的路线前行，如果你想要做的不是长辈所控制你的样子，不是社会所规定你的样子，请你为自己勇敢地站出来，温柔地推翻这个世界，然后把世界变成我们的。

你要相信自己，要接受并喜欢自己的样子，要让自己变成你真心会喜欢的样子。

因为生命只有一次，生活要握在自己手里。愿你每一个微笑、每一次哭泣，都是由心而发的。不管酸甜苦辣，每一种味道都是自己想要品尝的。

要一直单纯美好，不想长大不是罪恶，依然要过自己喜欢的生活，要做那个自己喜欢的自己。

你要明白，变成自己过去讨厌的模样，那不叫成长。找到最适合自己的定位，厚积薄发蜕变成更好的自我，那才叫成长。

不必畏惧其他，总会遇到属于你的精彩。

当你在犹豫的时候，这个世界就很大；当你勇敢踏出第一步的时候，这个世界就小了。等到有一天你变成了你喜欢的自己的时候，谁还会质疑你的选择不靠谱呢？

你已经变成更好的你了，一定会遇到更好的人的。你是谁，就会遇到谁。

这 些 年，
你 总 是 忘 了 爱 自 己

射手平时想问题只有一根筋，常常看见一件事的表面就开始下定义。想到什么就去做什么，所以也因此会无意间误解或伤害他人。这时候的射手会陷入深深的自责中。

但反过来，若射手看待一个问题犹豫的话，很有可能变得婆婆妈妈，抑或做着做着便不知道自己究竟该如何做了。那种压抑和委屈，射手也只能独自承受。

努力讨人喜欢，
猜疑对方爱不爱自己，
在意所有人的评价，
简直是人生三苦，
你说你图什么？

你经常觉得此刻的自己不够完美，不够漂亮，不够苗条，不够高学历，工资不够多，社会地位不够高，恋人不够好。

你总是对自己说：等你成功减下这十五斤肥肉了，就爱你；等你练出人鱼线和马甲线了，就爱你；等你追到了你心中的那个男神了，我就爱你，但是因为你现在又被人家甩了，你是个失败者，所以不爱你了。

你甚至会跟自己说：因为你没有申请到美国学校，因为你没有拿到名校的录取通知，因为你没有在比赛中得第一名，所以我决定用不爱你来惩罚你。

可是亲爱的，一个真正知道爱自己的人，是不会这样的。真正爱自己意味着你完全接纳和爱护此刻的自己，而不是在未来的某个时空爱自己。

你爱你自己，不因为你未来会成为怎样的人，而仅仅是爱此刻自己的全部，即使自己有那么多的不完美。

看到比自己优秀或幸运的人，不眼红、不妒忌、不揣测对方的阴暗面，而是从内心里坦然接受并跃跃欲试，像是受到了莫大的鼓舞，油然而生"变得更好"的渴望，这才是真的自信。

因为你对自己的评价不再依靠与他人的比较，因为你发自内心地爱自己，健康地爱着自己。

你很容易在好的时候爱自己，毕竟当你得了第一名或者穿得光彩照人时，爱自己并不是一件难事。但是难就难在当坏事发生的时候，你是否仍旧能够爱自己？你办了一件自己都觉得愚蠢至极的事情，你是否能够继续爱自己呢？

其实这就涉及人们的另一个能力：原谅自己失败的能力。

一个真正知道爱自己的人，会在这个时候对自己说："亲爱的，在你最黑暗最绝望的时候，我对你的爱没有丝毫的减弱。就算因为你犯的错，全世界都不爱你了，我依然爱你。"

如果你需要别人像你父母那样宽容你，如果你需要别人像你的挚友那样原谅你的小气，如果你需要别人像你的知己那样来安抚你的情绪，那么你就是一个不完整、不独立的人。

你要记住，如果你给不了自己你想要的爱，那么这个世界上同样没有任何人可以给你。

遇到一些事，能看清一些人。看清之后不一定就此绝交，只不过不会再像之前那么无条件付出自己了。年纪越大，越爱惜自己。

从"奋不顾身"到"有所保留"，总有某人慢慢教会了你爱自己。

一个真正知道爱自己的人，知道对自己的幸福全权负责，而不再依赖于任何人"施舍"的幸福。你会坦然地接纳别人的爱，但你本身也有能力给予自己这种你所渴望的爱。

你若不爱自己，没谁可以帮你。

一个人的时候，要照顾好自己。世界很大，没人会时时刻刻守着你，努力照顾好自己，为了自己，也为了在乎你的人。

慢热的人，
没什么不好

射手生了气死不承认，非说没生气；但说起话来，就对人爱理不理的。

射手很慢热，和陌生人虽然能轻松地、不尴尬地打招呼，但是要成为真心朋友，计时器需要从"半年"开始计数。

射手跟熟悉的人在一起说话很直接，什么都敢说，一点含蓄都没有，这往往让熟人无语。

射手挑毛病的本事绝对无人能及，但在外绝对不会让朋友没面子或吃亏。

慢热是因为害怕被辜负，
毕竟每一次投入都是倾尽所有。

　　人生只售单程票，过去的就过去了，不要频频回首，在哪
里存在，就在哪里绽放。

　　做人，要有一份内心的不声不响，有一份急迫中的不紧不
慢，还有一份尴尬中的不卑不亢。最美的你不是生如夏花，而
是在时间的长河里，波澜不惊。

　　你从来都是一个慢热的人，恋爱慢、兴奋慢、热烈慢，连
悲伤都慢。

　　慢慢地拖到一个节点，突然就遗忘，或者突然就爆发。有
时候会吓到自己，但好歹也和这个自己混了这么多年，习惯了，
也渐渐明白了。只是对于旁人，你无法解释，也没法解释。

　　关于爱情，你希望能慢一点。

　　当你放慢恋爱的速度时，你就学会了放慢速度去感受，去
体会，去体谅。最后的最后，才成了那个最好的人。时间握着

一把刀，没有血痕，却锋利无比，把你我削成如今的模样。

不要太快去判断一个人，也不要简单给一个人定位成"对的人"或者"错的人"。

什么时候，当你明白了这些，你就会少了很多抱怨、少了很多疑虑、少了很多莫名其妙的苛刻要求。

关于友情，希望你能慢一点。

和谁都别熟得太快，不要以为刚开始话题一致、共同点很多，你们就是相见恨晚的知音，很多时候飞快地掏心掏肺，却会因为莫名其妙的事情最后老死不相往来。语言很多时候都是假的，一起经历的事情才是真的。

时光会教你看清每一张脸。也许有一些人，慢一点，会和他们成为真正的朋友。

关于生活，你也希望慢一点。

在这个节奏飞快的时代，等车时，希望车快一点来；红灯时，希望灯快一点变；排队时，希望队伍快一点走；吃饭时，希望饭快一点好……

仿佛每一个人都被上了发条，给自己预设了快节奏的生活，仿佛一旦慢下来，那根紧绷的弦就会断掉。可是，你是否发现我们只顾着追求速度，却忘了感受生活。

在人人追求速度的时代，如果有人喊慢，仿佛就会被视为异类。可是，慢一点，有什么不好？

车慢一点，停下来等等红灯，你能看到每个路口的风景；队伍慢一点，与陌生人攀谈，你有机会邂逅意外的际遇；做饭慢一点，多一道烹饪工序，你会尝到垂涎欲滴的大餐。

只有明白了这些，才知道生活究竟是什么样子，才知道很多事都是正常事而已，并非遇人不淑，或者老天不公。

每一个普通的人，都值得我们多付出一点耐心。每一个看似平淡的人，或许内心藏有一个海洋。

我们花那么多时间玩游戏、看无聊的网文、八卦别人的生活，为什么却不能给予遇到的人多一点的时间，为什么不给予慢热的人多一点展现机会。

谁都不是火眼金睛的孙悟空，过分相信自己的直觉，很可能只有一个浪漫的开始，却有一个糟糕的结尾。

你每天疲于奔命，像上了发条的机器，却常忽略了自己的内心幸福吗？快乐吗？累了吗？值得吗？

你为了谋求幸福一路狂奔，最后却发现早已迷失了幸福的方向。走慢一点，坐下来陪陪自己，让心静下来，做自己真正喜欢的事，这才是真正的生活。

慢一点，发现生活中被忽略的美；慢一点，感受生活中柔和的韵律；慢一点，收获生活中细微的感动。

学会享受生活，别让生活操控了你；学会控制速度，别让快节奏打乱你的生活。

适当地慢一点，留下足够的享受空间；适时地停下来，回味一下沿途的美景。

慢一点，没什么不好。

成 熟 就 是 ，
伤 心 也 会 体 面 一 点

如果你接触了射手，你会深深体会到射手的真诚和侠义。因为射手的骨子里面透露的是一股正义，只要见到不平之事，会像梁山好汉那样拔刀相助。为了义气，射手绝对可以为朋友两肋插刀。

其实射手有时候真是很让人心疼的，一直扮演着那个最高兴的角色，偶尔悲伤一下也让人觉得他是在搞笑。射手用最灿烂的笑容面对所有人，把难过和伤心体面地掩饰着。

生活就像一枚铜钱，快乐悲伤分占两面，
一眼看去只是一面，但请记得，
另一面也许在下次投掷后相见。

其实，你很累了，却习惯了假装坚强；其实，你心很痛了，却习惯了一个人面对所有。

有时候，你可以很开心地和每个人说话，可以很放肆地对全世界笑，可是没有人知道那不过是伪装，很刻意的伪装。

原来，伪装坚强，也是一种坚强。

你只是不习惯把事跟别人说，不习惯别人用或惋惜或怜悯的眼光看你。所以你宁可沉默，宁可独自一人扛起所有的伤，也不愿意让别人知晓。

别人的安慰对你而言是极其没有意义的事情，因为你知道，任何安慰都没有自己看透来得奏效。

不敢撒娇，因为没有人惯着；不敢哭泣，因为没有人哄着；不敢偷懒，因为没有人给钱花。

坚强、独立、拼搏是唯一的选择，时刻提醒自己不能倒下去。

身体撑不住的时候，对自己说声"我好累"，但永远不要对别人说"我不行"；心灵没栖息的时候，虽说到哪里都是流浪，但永远要有个清晰的前方。

凡事都得靠自己，也只能是自己争取。路必须去走，方能到；事必须去做，才能幸福。

人生就像一场戏。演得好就成为主角；演得不好的，最多是个跑龙套的。你一直都在自己的戏里练习微笑，最终变成不敢哭的人。

喜怒形于色，你还没那个资本。只能把依赖变少，把期望降低，把苦楚深埋，把坚强拿出来。谁都没有百毒不侵的心脏，都有疼痛难当的致命悲伤；谁都不是无坚不摧的城墙，都有情不自禁的热泪盈眶。

当你陷入悲观、绝望、伤痛中的时候，容易只关注自己的那点小事。觉得整个世界都沦陷了。但实际上，生命本身就有一个自愈的系统，也许在你抱怨的时候，已经在慢慢康复了。

人生的路是自己选择的，即使再苦再难，也要坚强走完。人累了，就休息，心累了，就沉默。开心了就笑，不开心就过会儿再笑。

宁可让人看你活得没心没肺，不要让人看到你楚楚可怜。

伤心难过的时候，蹲下来抱抱自己，原谅别人，放过自己。

不是所有委屈都可以呐喊，不是所有心事都可以诉说，有些事只能自己懂，有些话只能说给自己听。不要轻易地流泪，难过伤心抬头望望天，天那么大，会包容你所有的委屈。

人冷了，可以找个地方取暖；心冷了，却很难再暖过来。老天给了你一颗心，是要你用来爱的，不是用来伤的。

生命的复杂，就在于不可预期、不容解释、不能厘清。好像走在迷雾里，看不见任何方向，没有人可以判别前面是否是断崖或绝路。生命只能持续走下去，直到雾散了，答案才终得明白。

曾经念念不忘的人，后来只是一个名字；曾以为过不去的事，日后不过只是故事。

亲爱的，愿你永远不怕长大，愿你永远坚强勇敢，治愈所有的悲伤。

成 长 的 第 一 步，
是 要 熟 悉 失 望

射手看起来大大咧咧的，其实也有敏感和多疑的时候。遇到事情不喜欢多问，总是一个人闷在那儿胡思乱想，猜别人的心思。

对于那种没有答案的问题，射手喜欢钻牛角尖。很多时候，射手都是因为钻牛角尖而把自己弄得好累，弄得遍体鳞伤。

射手也想过要改变自己的这些不足，可往往又因为对他人、对生活的某些小失望，而导致无法真心去改变。

不管有多么渴望和努力，
该失去的就一定会失去。
那些埋伏在生活里的怪兽，终究会出现，
只是你不再像以前那么急迫和焦虑。

一些很期待的生活，总是在你自以为是的梦想中消磨了，然后给予你一个很失望的打击；有些东西，想起来总是很美好的，于是在你的想当然中，荒废了一场原来可以很开心的现实。

可是，若现在就觉得失望无力，未来那么远，你该怎么扛?

长大了，开始理会到家人的艰辛，开始学会和身边的每一个人强颜欢笑，开始慢慢地收拾失落的心情，而此时的你，是否有一丝凄凉，还有一点淡淡的忧伤。

有些东西扔就扔吧，别又觉得舍不得。小心翼翼地拖着自己走，还寸步难行。告别过去，只为了真正地长大，也没有什么好后悔的。

年轻的时候，连多愁善感都要渲染得惊天动地。长大后却学会，越痛越不动声色，越苦越保持沉默。原来，成长就是将你的哭声调成静音的过程。

越成长越容易迷失梦想，因为顾忌太多而变得犹豫、懦弱；越经历越怕受伤，把真心话都无声地收藏。

你不知道自己从什么时候开始变得那么小心翼翼，想东想西，好像长大这件事，再也不像小时候以为的那样美好。

但人生就是这样啊，得有烦恼，有悲伤，然后才可以在哭的时候笑出来，大声说句我还好。

成长未必让你得到想得到的，却总会让你失去不想失去的。任何一种拥有背后都含着隐隐的疼痛。活在当下才最重要。

成长会让人明白，唯一后悔的只是那些自己不曾尝试的事。

别难过，世间都是这样的，不管你走到哪里，总有令人失望的事情，一旦碰到，就很容易过度悲观，把事情看得太严重。

放心，闭上眼，睡一觉，说不定明天就会有新鲜的事情发生。

你必须接受失望，因为它是有限的，但不可失去希望，因为它是无穷的。

人，一简单就快乐，但快乐的人寥寥无几；人，一复杂就痛苦，可痛苦的人却熙熙攘攘。

人，小时候简单，长大了复杂；穷的时候简单，富有了复杂；落魄时简单，得势了复杂；君子简单，小人复杂；看自己简单，看别人复杂。

世界其实很简单，只是人心很复杂。其实人心也很简单，只是欲望很复杂。

你慢慢长大，烦恼越来越多，有时候还会抱怨。其实这个时候，小孩子纯真的天性往往才是我们的老师，头发抹一抹、深呼吸、转脸、微笑，烦恼都没了。

如果无法停止期待，那么就要承受一次次的失望。其实习惯失望，也是一种成长。少一些期待，多几分努力，不再害怕失望，总会迎来一个不会太坏的结局。

越长大，就越明白不能期待太多。你没有权利要求别人满足你的期待，别人也没有义务实现你的期待。与其把希望放在别人身上，不如亲自去争取。想要什么，就要通过努力去得到。

虽然最后不一定能够得偿所愿，但是至少你懂得了勇敢，懂得了坚持，学会了独立。

亦舒曾经说过："成长的第一步，是要熟悉失望。"失望的感觉并不好受，但是一旦这种感觉袭来，就不得不承受，不得不独自消化，不能让失望变成绝望，还是要对自己、对生活、对未来、对别人抱有希望，否则就会被失望彻底打败。

习惯失望，也是一种成长。习惯了，就不会因为失望沮丧，反而会更有动力去追求想要的东西，也会变得淡然许多。得到了固然很好，得不到也没关系，还有其他东西值得期待和争取。

不 要 抱 怨 生 活 ，
留 着 力 气 变 成 更 好 的 人

射手喜欢感情用事，动了情就会更天真；死要面子，
好冷战；受了伤就会消失，即便这时候站在你的面前，
也会让你心冷得不行。

射手兼具乐观和健忘两大特征，当他受到欺负的时候，
可能当时会非常气愤地和人说出自己是如何的气愤和
生气，也许会说出一些以后会怎么样的狠话，可是这
些都不过是"一时的气话"而已。

乐观的射手不会容许自己处在一种长期的要报复人的那
种阴暗心理当中，阴暗不属于他，阳光才是属于他的。

什么叫作内心强大，
能够和那些坏的东西和平相处，却不同流合污；
坚持为美好的东西而努力，
却不为失败或得不到而焦虑。

你问问自己，到底有多少时间用在了抱怨上，又到底花费了多少时间用来学习、提升自己？对于不公平的人和事，你花了多少时间用来纠结外部原因，又花了多少时间用来为下一次的逆袭付出努力？

喜欢抱怨自己不如意、命不好、运不好的人，不明白现在自己的命运，其实就掌握在以前的自己手中；总是会拿"未来会好起来"安慰自己的人，要懂得"明天是什么样"由"今天你怎么做"来决定。

那么，你是否又浪费了太多时间，是否浪费了太多力气，在那些无谓的事情上？比如抱怨、比如哭泣、比如浪费时间觉得这个世界不公平。

因为这一切都没有用。它们只是在不断地消耗着你，除了让你陷入顾影自怜的失望中以外，并没有什么用。

很多时候，为了求得真正的幸福，我们需要保持耐心。当生活给你刁难的时候，你不需要抱怨它的苛刻与无情，而是要相信，一个更好的结局等在那里，然后你要一门心思熬过这段风雨交加的日子。

你要相信，你想要的，只要努力了，都会拥有。

生活总是起伏跌宕，不要抱怨什么，你就是再快乐，也会有烦忧；你就算再倒霉，亦会有幸运。

如果老天善待你，给了你优越的生活，请不要丢失了自己的斗志；如果老天对你百般设障，更请不要磨灭了对自己的信心和向前奋斗的勇气。

当你想要放弃了，一定要想想那些睡得比你晚、起得比你早、跑得比你卖力、天赋还比你高的牛人，他们早已在晨光中，跑向那个你永远只能眺望的远方。

一寸光阴一寸金。很喜欢王潇的一句话："记住那关于光阴的教训，回头走，天已暗，你献出了十寸时和分，可有换到十寸金。"

如果你献出的十寸时和分，都只是在消耗自己的力气和精神，那么你又拿什么去换那十寸金。你是这个星球里小小的人儿，小人儿本来就不起眼，更不能再自我消耗，要留着所有的力气，用来让自己变美好。

成长，带走的不只是时光，还带走了当初那些不害怕失去的勇气。既然你懂得抱怨于己无益，所以一定要时刻提醒自己：只要是对自己有益的事情，就要千方百计地去实践。

一生很短，没必要和生活过于计较，有些事弄不懂，就不去懂；有些人猜不透，就不去猜；有些理想不通，就不去想。

生活，不会因你抱怨而改变；人生，不会因你惆怅而变化。

如果你不喜欢某件事，就改变它；如果你不能改变它，就改变你的态度。不要抱怨。

任时光流转，岁月变迁，不抱怨，不言苦，不忧伤，不认输，安静生活。

千 万 次 摇 摆，
才 能 长 大 成 人

射手对生活有很长远的规划，但是需要时间的磨炼才能显出来。

射手喜欢心猿意马，这山望着那山高。在射手的心目中，得不到的和完不成的，才是最好的。

射手有一个不成文的理念，那就是"喜欢的事情，不要用来谋生；喜欢的爱人，不要用来成婚"。他们是那种就快成功的时刻，也会突然放弃的人，因为射手尤其喜欢追逐的快感。

所谓一个人的长大，便是敢于面对自己：
在选择前，有一张真诚坚定的脸；
在选择后，有一颗决不改变的心。

没达成结果，不是因为事情太难，而是因为你内心不够坚定；迟迟不能到来的结果后面，有可能是障碍丛生，有可能是缘分因果，但一定有一颗摇摆的犹豫的心；不够坚定，有时是因为砝码不够，有时是因为太求周全……

不管哪种，都意味着时间荒芜，岁月零落，人生苍白。

青春，不是我们拿来挥霍的资本，而是我们拿来拼搏的基础。也许很疯狂，但那又怎样，不忘初心，坚定地一步步地走下去。

不论是地球公转还是自转，涨潮还是退潮，不论是暖流改变气温带来鱼群，或者是海水淹没岛屿失去痕迹，不论你的世界是车水马龙、繁华盛世，还是它们都瞬间消失，化为须臾，你都要坚定地往前走，不迷惑、不慌张、不犹豫。

人们经常面临着各种选择，生活中的、工作上的，情感上的，每一次选择，都会让你彷徨。而且，有时候一些选择是伴随着诱惑而来，则更使你难以判断。所以，选择错了就成为莫大的遗憾。

成长过程中最大的遗憾就是不会选择。是选择去，还是不去，是接受，还是不接受，是同意，还是不同意……

其实，很多时候选择意味着放弃另一种可能。既然选了，就定了，就做了，就坚忍耐烦，劳怨不避，穿越一切苦厄，使命必达。

造成你心里难以下定决心的，是一种未知。不知道是不是真的喜欢所选择的，不知道会不会后悔，不知道会不会做好。

其实，这是因为你没有认清自己内心真正所热爱的、所需要的是什么。跟着心里的希望走，就是无悔的选择，哪怕选择了之后艰难重重。

不要用"从头再来""另起一行"来安慰自己，也不要把自己的不坚持、不执着，不成功的原因全推给"生不逢时"或"天不予我"。

而是要坚定信心，坚持自己的选择。

你要记住，不断地选择，其实根本就不是选择。那些不断选择的人看似忙忙碌碌，过得充实，其实只是在疲于奔命而已。连自己心中要坚持的是什么、要坚守的是什么都不知道，走的路再多，也只是在原地转圈。

当然这并不是说一生只能选择一次，而是在同一件事上，不能反复无常地变换，或者不断地重复着选择、放弃、再选择的过程。

人生中的任何一次选择，都要认真去对待，才能做到真正的了无遗憾。

如此，你在回首一生的际遇时，才不会喟然感叹，才能露出最舒心的笑容。

青春易逝，但那又如何，坚持自己的初心向着成功而努力，也会邂逅永生。

坚持自己的初心，不去想是否能够成功，既然选择了远方，便只顾风雨兼程；不去想身后会不会袭来寒风冷雨，既然目标是地平线，留给世界的只能是背影。不忘初心，在不朽中创造出属于自己的辉煌。

人们来到这个世上，上帝便在每个人的心中播了一颗叫作梦想的种子，而你的任务便是通过不懈的努力来使它生根发芽，让它开出最绚烂的花朵。

　　也许命运给你的逆境大于幸运，但生命的洪水奔流，不遇见岛屿和暗礁，难以激起美丽的浪花。

　　人生就是一场对种种困难无尽无休的斗争，一场以寡敌众的战斗。

　　这世上不需要付出就能得到的美好事物毕竟太少了，即使是看日出都需要牺牲睡眠，想要好身材就得保持锻炼，想要过得好就得保持努力。

　　不管你去哪里，愿你不忘初心。

图书在版编目(CIP)数据

我和这个世界不熟 ／ 林小仙著 . — 北京：现代出
版社，2017.9

ISBN 978-7-5143-6406-4

Ⅰ . ①我… Ⅱ . ①林… Ⅲ . ①散文集 – 中国 – 当代
Ⅳ . ①I267

中国版本图书馆 CIP 数据核字（2017）第 238949 号

我和这个世界不熟

著　　者	林小仙	
责任编辑	赵海燕　　毕椿岚	
出版发行	现代出版社	
通信地址	北京市安定门外安华里 504 号	
邮政编码	100011	
电　　话	010-64267325　64245264（传真）	
网　　址	www.1980xd.com	
电子邮箱	xiandai@vip.sina.com	
印　　刷	吉林省吉广国际广告股份有限公司	
开　　本	880×1230　1/32	
字　　数	132 千字	
印　　张	7.5	
版　　次	2018 年 2 月第 1 版　2018 年 5 月第 2 次印刷	
书　　号	ISBN 978-7-5143-6406-4	
定　　价	38.00 元	